『隅田川御用日記』の世界
麹町
番町
千鳥ヶ淵
田安御門
半蔵御門
西之御丸
虎之御門
←至増上寺
江戸城
新シ橋
外桜田御門
雉子橋御門
日比谷御門
和田倉御門
一橋御門
猿楽町
幸橋御門
南町奉行所
土橋
数寄屋橋御門
鍛冶橋御門
北町奉行所
呉服橋御門
常盤橋御門
神田橋御門
富士見坂
汐留橋
三十間堀川
西紺屋町
比丘尼橋
昌平橋
←至品川
濱御殿
水谷町
檜物町
竜閑橋
平永町
数寄屋町
本銀町
鍛冶町
通新石町
筋違御門
京橋
今川橋
築地の浴恩園
西本願寺
木挽町
品川町
日本橋
室町
岩本町
柳森稲荷
和泉橋
佐久間河岸
神田相生町
大伝馬町
内神田
楓川
木更津河岸
伊勢町
小伝馬町
神田川
本願寺橋
八丁堀
弾正橋
海賊橋
江戸橋
亀井町
豊島町
安芸橋
南小田原町
金六町
八丁堀組屋敷
小船町
通油町
柳原土手
八名川町
中之橋
堀江町
和国橋
新材木町
稲荷
富沢町
千鳥橋
馬喰町
幸町
茅場町
思案橋
親父橋
堀江六軒町
横山町
軽子橋
日比谷町
日本橋川
小網町
両国広小路
稲荷橋
汐見橋
栄橋
浅草橋
船
本湊
鉄
高橋
一ノ橋
崩橋
行徳河岸
浜町堀
小川橋
米沢町
柳橋
大川端
佃島
南新
薬研堀
両国橋
隅田川
尾上町
元町
回向院
横網町
御竹蔵
松井町
相生町
松坂町
亀沢町
間堀町
常盤町
松井橋
二ツ目之橋
弥勒寺橋
五間堀
本所
南割下水
島
蓬莱橋
富岡八幡宮
東平野町
霊巌寺
竪川
亀久橋
雲光院
吉岡橋
吉永町
三ツ目之橋
三笠町
洲崎
木場
新高橋
入江町
横川
猿江橋
南辻橋
北辻橋
北中之橋
西
南
北
東
猿江町
御材木蔵
清水橋
0
1km
横十間川
亀戸村
柳島村

慶光寺配置図

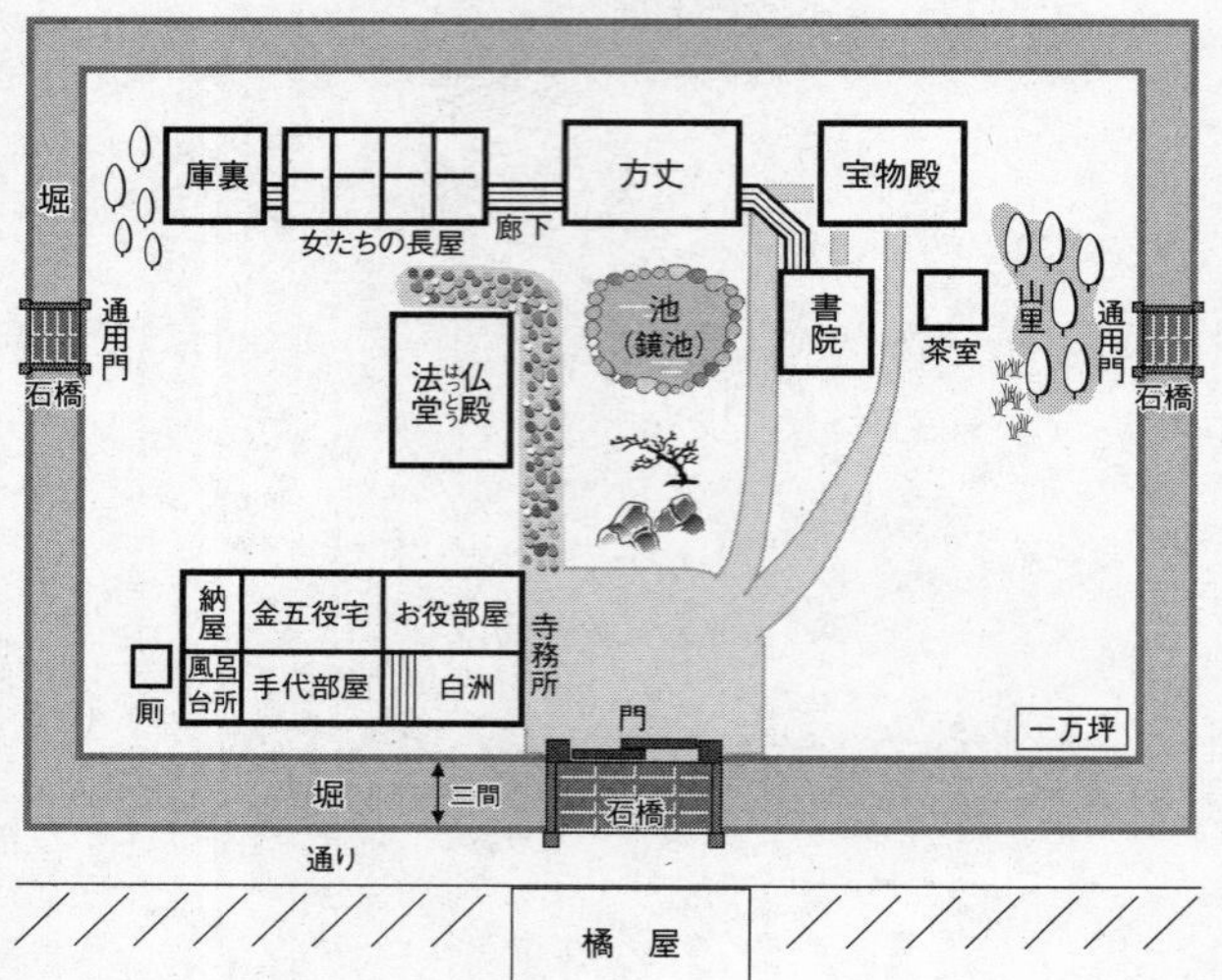

方丈（ほうじょう）　寺院の長者・住持の居所。

法堂（はっとう）　禅寺で法門の教義を講演する堂。他宗の講堂にあたる。

庫裏（くり）　寺の台所。住職や家族の居間。

「隅田川御用日記」シリーズ　主な登場人物

塙十四郎　築山藩定府勤めの勘定組頭の息子だったが、御家断絶で浪人に。武士に襲われていた楽翁を剣で守ったことがきっかけとなり「御用宿　橘屋」で働くことになる。一刀流の剣の遣い手。お登勢と夫婦となり、楽翁の引きで白河藩藩士に。

お登勢　橘屋の女将。十四郎の妻。

お幸　十四郎とお登勢の娘。

近藤金五　慶光寺の寺役人。十四郎とは道場仲間だった。

近藤千草　近藤金五の妻。以前は諏訪町の道場主だったが、出産を機に道場を十四郎に委ねることになる。

藤七　橘屋の番頭。十四郎とともに調べをするが、捕物にも活躍する。

七之助　橘屋の若い衆。

鶴吉　橘屋の若い衆。

万吉　橘屋の若い衆。

お民　橘屋の女中。

おたか　橘屋の仲居頭。

松波孫一郎　北町奉行所の吟味方与力。十四郎、金五が懇意にしており、橘屋ともいい関係にある。

鎮目道之進　北町奉行所同心。松波の下役。

柳庵　橘屋かかりつけの医者。本道はもとより、外科も極めている医者で、父親は奥医師をしている。

万寿院　十代将軍家治の側室お万の方。落飾して万寿院となる。慶光寺の主。

楽翁（松平定信）　かつては権勢を誇った老中首座。隠居して楽翁を号するが、まだ幕閣に影響力を持つ。

永代橋

隅田川御用日記（二）

第一話　永代橋

一

御府内はただいま春まっさかりである。

咲き誇る桜に人々は浮かれて名所に繰り出し、そぞろ歩く姿は百万の人口を数える江戸ならではの景色かもしれない。

縁切り寺『慶光寺』の庭にも、縁切り寺の御用宿になっている『橘屋』の庭にも、桜が咲き、心浮かれる季節である。

だが、橘屋の主であり、白河藩お抱えの道場主でもある塙十四郎には、仕事を休んで桜を楽しむ暇はない。

この日も、諏訪町にある道場に出かけようとして、お登勢と娘のお幸に見送

られ、玄関に下り立ったのだが、

「ごめん下さいませ」

五十にまもなく手が届きそうな内儀がやって来た。

「こちらでは離縁を叶えていただけるとのこと、私は大坂の人間だすけど、受けていただけますやろか？」

そう尋ねる内儀は、上物の絹の着物と帯を身につけている。

その着物は、粋な梅幸茶の地色で、裾には水面に桜の花が舞い落ちる模様が描かれている。また帯はというと、深みのある褐色の西陣織だ。

丁度この季節に合わせた着物で、その衣装を見ただけで、いったいこの人は何が不満で夫婦の縁を切りたいというのか、十四郎とお登勢は顔を見合わせた。

「鶴吉、すまないが、道場には後ほど参ると伝えてくれ」

玄関で待機していた鶴吉に命じると、十四郎は返事を待っている女に、

「上方の者であろうと何処の者であろうと離縁が必要ならば相談に乗る。まずは話を聞いてからのことになるが……」

そう言って女を宿の奥の部屋に入れた。

女はほっとした顔で十四郎とお登勢の前に座ると、

「おかねと申します。大坂の酒問屋『大和屋』の内儀でございます」

そう名乗ったのだ。

駆け込み人にしては、妙な貫禄がある。嘆き苦しんだ末にやって来たというより、内面に強い胆気が窺える。

〝浪速のごりょんさん〟そのもので、何故このような宿にやって来たのかと、お登勢は訝しく思った。

「私は、塙十四郎と申してな、この宿の主ということになっておるが、本当の主は妻のお登勢だ」

十四郎は笑ってお登勢を見遣り、それから、部屋の隅に控えている番頭の藤七と万吉を紹介した。そして、

「さて、おかねさんと言ったな。何故離縁をしたいと考えているのか、詳しく話してもらおうか」

十四郎は言った。おかねは小さく頷くと、

「亭主は宗兵衛と申します。歳は五十、私の一つ年上でございます。そのいい歳をした亭主が、このお江戸で別宅を構えて女を囲っているということが分かりまして……いえね、手代を問い詰めて聞き出したんでございますよ」

俄に敵意満々の表情に変わっていく。

おかねがその話を手代から聞き出したのは一月前だったという。

大和屋は大坂でも五本の指に入る酒問屋だ。上方近辺、九州四国の酒まで扱っていて、それを江戸の酒問屋に卸している。

そこで宗兵衛は年に二、三回ほど江戸に出て来て得意先を回っているのだが、滞在は一月余に及ぶこともあり、深川に仕舞屋を購入して、そこを拠点に動いていると聞いていた。

ところが、その仕舞屋には女がいるらしいのだ。

おかねが問い詰めると、仕舞屋を管理するために女中を住まわせている、それだけだと、宗兵衛は言ってのけたのだ。

ところが手代の話では、仕舞屋に居るのは三十前後の綺麗な女で、女中ではなく妾だというのである。

そこでおかねは、自分の目で確かめるために、今回の夫の東下りにくっついてやって来たのだという。

案の定、仕舞屋にいるのが女中なら深川に向かう筈だが、宗兵衛は馬喰町の『高田屋』に宿をとったのだ。

馬喰町の高田屋といえば、近辺でも上宿として知られていて、宗兵衛夫婦が入った部屋も趣のある離れだったが、おかねは深川に行かぬ夫に疑問を持った。

すると宗兵衛は、

「深川の家は、今改装をしているのだ。今回はここで泊まって用を足す」

などと見え透いた理由を並べたのだった。

おかねがそんな話を納得する筈もない。

「そういうことなら、うちも一度改装してる家、見てみたいやおまへんか。所を教えてくれたら行てきます」

そう言ってみたが、

「その必要はない。お前は物見遊山などして楽しめばええんや。妙な妄想もええかげんにしいや」

女のことなど知らぬ顔の半兵衛を決め込んでいる。

ついにおかねは、

「手代から聞いてるんやから、白状しいや」

宗兵衛を問い詰めたところ、大喧嘩になったのだという。

「それから毎日が喧嘩ですわ。女がいるいないでね」

おかねは冷たく笑って、

「いるに決まってますのに嘘つきますねん。手代の話では、江戸に出て来た時には、亭主だけが深川の家に滞在して、手代たちは宿に泊まっていたいうことやし。ところがこのたびは自身が宿に泊まって深川は改装中やなんて……誰が考えてもおかしな話やありまへんか。あれもこれも嘘ばっかり、とうとう私も堪忍袋の緒が切れてしもうて……」

おかねの怒りは止みそうもない。

「まあまあ、おかねさん。もう少し落ち着いて下さいませ」

お登勢が笑みを湛えて言った。

おかねは、はっとして、

「すみません、つい……」

流石に取り乱していると分かったらしく、呼吸を整えると、

「大和屋に嫁いで二十八年になります。酒問屋の内儀として、うちも頑張って店盛り上げてきましたんだす。お侍さんの家ならいざ知らず、商人の女房なんてもんは、こちらのおかみさんもお分かりや思いますけど、女房が気ぃを配っていてこそ、店も繁盛するんだす。あの人はそんなことも忘れてしもて……そりゃあね、

うちの人の不安や不満も分からんでもありまへん。うちら二人には、店の跡を任せる子ぉがおりまへんのや……」

ちらと寂しげな目をお登勢に送った。

「まあ……」

お登勢も同情の視線を返す。

おかねは苦笑してみせると、話を継いだ。

「ただ、そのことについては、親戚の倅を養子に迎えようかという話になっているんです。ところが囲っている女がいるいう話でしょ。やっぱり夫は、その女に子ぉを産ませて、わが血の繋がった者に店を継がせたい、そう思ているのかもしれまへん」

おかねは、そこまで話すと、大きなため息をついて、

「老いた女房など部屋の隅に置いといて、ごまかしたらええわ……そう思てるに違いないんです。そんな風に思われて大和屋に居たくはありまへん。きっちりけじめを付けたい、そう思いまして」

また険しくなった顔をお登勢に向けた。

——女のあんさんなら、分かってくれますやろ……。

そう言いたげな顔だ。

お登勢は小さく頷いてから言った。

「ご亭主に本当にお妾がいるというのなら、おかねさんの気持ちも分からない訳ではありません。長い間寄り添って店を営んできたんですもの、今の話が本当なら不安や憤りはあるでしょう。でもおかねさん、世の中には今日食べる物も無くて困っている人も大勢おります。そんな人たちから見れば、おかねさんは何不自由のない暮らしをおくっている方です。今更ご亭主と別れるのなんのと事を荒立てるより、しっかりとご亭主と店の手綱を握って、おかみさん、ごりょんさんと呼ばれて、恬として暮らした方が良いのではありませんか」

どう考えても、目の前にいるおかねが一人になって、つつましい暮らしに耐えられるとは思えないのだ。

――この人は、大勢の人に敬われ、そして皆にあれやこれやと指図して暮らすのが、一番性に合っている……。

お登勢はそう思って、おかねの顔を見た。すると、

「おかみさん、いや、お登勢さん呼ばせていただきます。そんなにうちが思慮のない人間に見えますか……亭主が余所の女に産ませた子ぉが店の跡をとったとし

て、私の立場はどうなります？……身を縮めて暮らさなあかんのと違いますか？ひょっとして追い出されるかもしれまへんのや。足腰たたんようになって追い出されたら悲劇も悲劇、空恐ろしいことになります」

おかねは不服顔だ。

「おかねさん、私はおかねさんのこと、思慮がないなどとは思っていませんよ」

お登勢は困惑顔で言った。

「だったら、どうぞ私の願いを受けて下さいませ。お登勢さん、逆にお尋ねしますが、もしお登勢さんが私と同じようなことになったら、どうなさいます？……ご亭主を許せますか？」

おかねは言った。

「おいおい、何を言い出すのかと思ったら……」

十四郎は困った顔でお登勢の顔を見るが、お登勢がふっと複雑な表情で苦笑したのを見て、

「分かった分かった、承知した。おかねさんの訴えの真否をまずは確かめてみよう。おかねさんが離縁を考えるのは、その後でも良いのではないかな」

慌てて言った。

「何卒……」

おかねは、ほっとした顔で手を突いた。

仲居頭のおたかが入ってきたのは、その時だった。

「ただいま松波さまがおみえでございます」

松波とは、北町奉行所の吟味方与力松波孫一郎のことで、十四郎もお登勢も懇意にしていて、時には事件を共有することもある人物だ。

「お急ぎのご様子でございますので、むこうの座敷に上がっていただきます」

おたかはそう告げて腰を上げたが、また腰を落として付け加えた。

「七之助さんにも同席してほしいとおっしゃっています」

「七之助も……」

十四郎は、お登勢と顔を見合わせた。

「いやいや、すまぬな。深川八幡に参ったのだが、ちと頼みたいこともあって寄せてもらった」

松波は、おたかが運んできたお茶を手にとって喉を潤すと、茶碗を置いてから

そう言った。ただふらっと思いついて立ち寄ったという様子ではなかった。

わざわざ七之助を同席させてほしいと言ったことでも、何か不穏な話があるのだろうと十四郎は思っている。

「七之助は慶光寺の近藤のところに居る筈です。使いをやりましたので、すぐに戻ってきます」

十四郎は言った。

するとそこに、お登勢がお幸を連れて入ってきた。

「おじさま、お久しぶりでございます」

お幸は愛らしい顔で、小さな手を突いた。

「これはこれは、しばらく会わぬ間にぐんと大きくなられて、しかも麗しいお子だ。先々が楽しみだな」

松波は相好を崩した。

「ご子息のお二方も、つつがなくお育ちになっていらっしゃるとお聞きしております」

お登勢が言葉を返して微笑んだ。

松波には十歳と八歳の二人の倅がいて、二人とも利発な子だと聞いている。

「なに、だんだんと母親の手に負えなくなっているようだ。二人の内、どちらか女の子だったら良かったのにと話しているところだ」

松波は笑って愛おしそうな目でお幸を見詰めた。

お幸はにこりと笑うと、もう一度頭を下げて、部屋の外に控えていたお民に連れられ出て行った。するとそこに、

「遅くなりやした」

七之助が入れ違いに入ってきた。

「おう、七之助。そなたにも聞いてほしい話でな」

松波は俄に顔を引き締めると、十四郎とお登勢を見て、

「実は鎮目が暴漢にあって大怪我をしたのだ」

険しい顔で告げた。

「鎮目さまが……」

咄嗟に聞き返したのは、七之助だった。

鎮目道之進は、松波の下役で北町奉行所の同心だが、七之助にとっては親代わりでもある男だ。

七之助の父親文吉は、鎮目から十手を預かっていた岡っ引だったが、その父親が探索中に殺された。

七之助は、岡っ引になって父親の敵をとりたいと鎮目に懇願したのだが、鎮目は七之助を説き伏せて、橘屋に奉公させたという経緯があった。

「幸い命は助かったが、油断は出来ぬと医者は言っている」

松波の顔は深刻だ。

「いったい何があったのだ」

十四郎が尋ねると、七之助も、

「教えて下さい。あっしの父も探索途中で殺されております。父親の敵もとれぬまま今に至っておりやすが、鎮目の旦那まで襲われるとは、許せねえ。いったい誰が鎮目の旦那を？」

険しい顔で松波に迫った。

「落ち着け、鎮目が誰に襲われたのか、まだ何も分かっていないのだ。ただ、鎮目は、一昨年からこの御府内を荒らしている『まむしの法雲』を追っていたのだ」

「まむしの法雲？」

十四郎が聞き返す。

「その名が示す通り坊主崩れの盗人の頭でな。押し込みをする店には必ず引き込み人を入れるという周到ぶりで、失敗することがない。また、押し込みに入った店の者は皆殺しにするという荒っぽいやり方で、一味の人相風体など分からぬことばかりだ。奉行所も一刻も早く法雲一味を捕縛しなければと、定町廻り、臨時廻り、定中役の者たちにも常々気配りを怠らぬよう命じている稀代の悪党だ」

松波は、熱を帯びた口調で説明した。

「では鎮目殿は、その法雲一味に襲われたと……」

十四郎は尋ねる。

「断定は出来ぬが、つい先日のことだ。立ち話だったが鎮目はこう私に言っていたのだ――少し見えて来ましたよ、明日にでも報告致しますと――ところが、その日の晩に深川の永代寺近くの門前町の路地裏で何者かに刺されてしまった」

「実見した者は？」

間を置かず十四郎が質す。

「いる。通りがかった花見客三人が、鎮目が刺されるところを見ていたことが分かった」

「何、では手がかりはあるのですな」

「それが、手がかりと言っても、鎮目を襲った輩は町人風の男が二人というだけで、夜のことでもあり、その者たちの顔や着物の柄など何も分からないと言っている。花見客は神田の若い衆で、散り始めた夜桜見物に来て、居酒屋で一杯やってから帰るところだったようだ。賊の二人は、花見客三人が見ていることに気づいて逃げたそうだ。だから鎮目は止めを刺されずに済んだのだ。とはいえ重傷にかわりはない。鎮目はまだこんこんと眠っている」

「ちくしょう、許せねえ！」

七之助は歯ぎしりして、拳で膝を叩いた。

「鎮目殿の手下をしている達蔵は、鎮目殿と一緒じゃなかったのか」

十四郎が尋ねる。達蔵は鎮目から十手を預かっている岡っ引だ。

「達蔵はその日、別の場所を調べていたらしいのだ、深川の川筋をな。盗賊一味は深川に隠れ家を持っているのではないかと鎮目に言われて……ただ、達蔵はまだ隠れ家を摑んではいないようだ。とにかく、鎮目が話せるようになれば、これまでの探索の経過も分かる。今度こそ一味捕縛に全力を尽くすつもりだ」

松波はそう告げると、十四郎にも何か怪しい人間に出会った時には知らせて欲しいと頼んだ。

「むろんだ、承知した」

十四郎が頷いた。

言うまでもなく十四郎と松波は、それぞれの役目を超えた友情関係にある。これまでにも橘屋は、どれほど松波から力を貸してもらっているかしれない。

松波は最後に、七之助に言った。

「七之助、鎮目を一度見舞ってやってくれ。柳庵先生のところで治療してもらっている」

「もちろんです」

七之助は大きく頷き、

「旦那、私にも何か出来ることがあれば是非……」

怒りに燃える目で言った。

二

翌日、十四郎は鶴吉と七之助を連れて、北森下町の弥勒寺橋の近くで柳庵が開いている診療所に向かった。

柳庵の診療所は、今では列を成して患者が押し寄せるようになっているが、昔十四郎が知り合った頃には、医業より歌舞伎役者になりたいと言っていた一風変わった医者である。

しかも望みは女形で、表医師である父親の診療所を継ごうともせず、芝居三昧で勘当同然の有様だった。

その折には医業も、橘屋や慶光寺の万寿院、それに松波など北町奉行所の者の診察に限られていて、日々の食い扶持だけを稼げば良いのだといったお気楽な暮らしをしていた。

ところが、診立ても良いし、処方する薬も良く効くという評判が人伝に広がって、ついには診療所を開いたのだ。

すると次第に患者は増え、今では弟子を二人置いて多忙を極めているというのだから、変われば変わるものだ。

案の定、十四郎たちが訪ねた時、玄関に立って訪いを入れると、若い弟子が出てきて、

「ご覧の通り、待合は一杯です」

などと玄関脇の待合にひしめく患者に顔を向けて示してから、

「本日の診察は、もうおしまいでございます」

十四郎たちを患者と間違えて、そう言った。

「柳庵に会いに来たのだ。塙十四郎という者だ。伝えてくれ」

名を告げているところに、慌てて柳庵が出てきた。

「これは十四郎さま、失礼致しました。この者はまだ弟子にして間もないものですから……」

柳庵は苦笑して、

「鎮目さまのお見舞いでございますね」

十四郎が尋ねるより先に察して、三人を奥の患者部屋に案内してくれた。

「今朝ようやく目を開けましたが、意識はまだ朦朧としている状態です。会話もまだしない方がよろしいかと思います。体力を消耗しますからね」

柳庵に注意を受けて十四郎たちが部屋に入ると、岡っ引の達蔵が部屋の隅で座って見守っていた。

「今、眠ったところです」

達蔵は小さな声で言った。達蔵の顔には疲れが見える。

十四郎たちは、そっと鎮目の顔を覗いた。鎮目は白い顔をしていた。長い間病んだ人のように見えた。

「旦那……」

七之助は小さな声で、眠っている鎮目に呼びかけたが、反応はなく、

「お気の毒に……なんてこった」

口惜しそうな目で鎮目の顔を見詰める。

「出血が酷かったんです。助かったのは奇跡だと先生はおっしゃっていまして」

達蔵は唇を嚙む。

十四郎は頷くと、達蔵を促して部屋の外の縁側に出た。

「教えてくれないか、鎮目さんは一味の何を探索していたのだ？」

「聞いて下さいますか……」

達蔵は悔しさで溢れ出てきた涙を、掌の付け根でぐいぐいと押し込むように押さえてから、

「法雲一味の盗人宿です」

きっと十四郎を見た。

「ふむ……で、分かったのか、盗人宿は？」

「いえ、深川の川沿いのいずれかの町だと、そこまでは見当がついておりやす。

それじゃあ大まかな話だと思われるでしょうが、これまではそれさえも分からなかったんですから」

そう前置きしてから達蔵は、探索の内容を話した。

それは半年前のことだ。神田相生町の質屋に法雲一味が入り、主夫婦と奉公人たちを惨殺して、鍵のかかった蔵から五百両近い金を奪って逃げた。

逃走には船を使っていた。神田川を利用しての押し込みだった。

船のことは、その後の調べで浮かび上がってきた話だった。町の夜回りが、賊が船に乗り込んで逃げて行くのを見ていたことが判明したのだ。

その町の夜回りの話では、船は茶船で、船体の舳先に福の字の焼き印がされていたという。

話を聞いた鎮目と達蔵は、船宿や船頭たちを虱潰しに当たり、福の字が焼き印された船に覚えがないか聞いてみた。

するとまもなく、船の持ち主が判明した。

その者の名は福助と言い、柳橋近くの船宿から仕事を請け負っている男だった。

福助は、船は盗まれたのだと言った。法雲一味が質屋に入る二日前のことだったようだ。

　鎮目と達蔵は、今度は船体に福の字の焼き印がある船を探して、掘割や水路を片っ端から見て廻った。

　そしてとうとう、小名木川沿いの海辺大工町の土手に乗り捨ててあった、福という字が焼き印された船を見つけたのだ。

「盗人宿は、小名木川筋だな」

　鎮目は確信した。

　以来、鎮目と達蔵は、小名木川沿いにある町内を一軒一軒調べて廻り、法雲の隠れ家を探し始めたのだった。

　またそうしている間に、殺害された質屋の者たちの中に、手代の長次郎という者がいなかったということも分かってきた。

「一人だけ助かっている。偶然その晩には何か別の用事があっていなかったのかもしれないが、それならば、奉公先が大変な惨事に遭ったというのに、何故姿を現さないのだ。長次郎という男は引き込み人だったのかもしれないな。長次郎を見つければ一味の宿は判明する」

　鎮目は興奮気味に達蔵に言ったのだった。

これまでも法雲のやりくちは、狙った店に引き込み人を入れ、その者がすっかり店の者たちから信用を得たところで、仲間を引き込み、まんまと盗みを働いていたのである。

この一味の顔が見えてこないのは、押し込みをした家の者をためらいもなく皆殺しにして、口封じをしてきたからだと考えられる。

押し入った家の者が騒ぎ立てたからと言って皆殺しにするとは、法雲一味は盗賊の中でも悪党も悪党、頭の法雲が昔、仏に仕えていたとは思えない、仏心など皆無の集団だ。

「質屋から盗んだのが五百両だというのは、間違いないのか?」

十四郎は尋ねる。

「帳面に記されていた金額から判断したのです。ただ、五百両だとしても、手下の数が十人もいれば、もう手持ちの金は底をついてきている筈だ。そろそろ何処かの店を襲う頃だと鎮目の旦那は考えていたんでございやす」

達蔵はそこできっと顔を上げると、

「十四郎さま。そんな折に、質屋で一人だけ助かった長次郎という男を、深川の永代寺門前町の賭場で見たという話があったんでございやすよ」

「そうか、それで鎮目さんは永代寺に出向いて行ったんだな」

十四郎は言って頷いた。

「へい。鎮目の旦那はその話を聞くや、すぐに永代寺に向かいやした。そして刺されちまいました……あっしは旦那を襲ったのは、法雲一味だと考えておりやす」

「ふむ、他に鎮目さんを襲うような輩は見当たらないんだな」

「へい」

達蔵は、きっぱりと断言した。

そして、一刻も早く探索を続けたいが、旦那がもう少し安心出来る状態にならなければ、自分はここを離れることは出来ないのだと悲痛な顔で訴えた。

十四郎は、七之助を診療所に残して、鶴吉と二人で馬喰町の旅籠に向かった。

高田屋という宿に、おかねの亭主が逗留していると聞いていたからだ。

おかねの言う通り、本当に深川に女を囲っているのか、まずそれを確かめなければならない。

「こちらに大和屋の宗兵衛という人が滞在していると聞いたんだが……」

たった今、初老の男が出かけて行くのを見送った若い女中に十四郎が声を掛けると、

「あら、宗兵衛さんなら、あのお方ですよ」

女中は数軒向こうを供と連れだって歩いて行く、恰幅のよい男の背中に視線を投げた。

「ありがとう」

十四郎と鶴吉は、宗兵衛の後を追った。

商談に向かうのか、それとも女のところに向かうのか……ここはまず宗兵衛を尾けて確かめることが先決だ。

十四郎たちが尾けているとも知らず、宗兵衛は両国に出ると、そこで手代と別れて一人で両国橋を渡り、大川沿いを下っていく。

「やっぱり深川に行くようですね」

鶴吉が、宗兵衛の後ろ姿を追いながら言う。

「うむ……」

人混みの中を見失わないように慎重に宗兵衛を追いながら、どこからともなく飛んでくる桜の花弁に、十四郎は春の終わりも近いことを感じていた。

宗兵衛は、深川に入ると足を速めた。

そして小名木川に架かる万年橋を渡ると、更に南下した。

大川沿いにある寺院『霊雲院』を過ぎて清住町に入ると、宗兵衛はまもなく、一軒の仕舞屋の前で立ち止まった。

玄関が格子戸になっている落ち着いた風情のある家だ。

「あっ、あの家ですかね」

鶴吉は言って反射的に十四郎と物陰に身を隠した。

宗兵衛は戸を開けようとしたが開けられず、手で戸を叩いた。

すると、まもなく戸が開いた。

「旦那さま……」

にこやかな顔をみせて迎えたのは、宗兵衛の娘のような年頃の女だった。

「おとっつぁん！」

その女の背後から、四、五歳の女の子が走り出てきた。

「おとっつぁんだと？」

鶴吉が驚いて口走り、十四郎の顔を見た。

二人の視線の先で宗兵衛は、

「よしよし」

女の子の頭を撫でている。

「おみやげは？」

女の子が甘えて、宗兵衛に手を伸ばすと、

「おいと、駄目ですよ」

若い女が窘める。

だが、宗兵衛は目を細めて、

「ええねんええねん。今度来る時にはきっとおいとが好きなものを持ってくるさかい、今日は堪忍やで」

宗兵衛は相好を崩して、おいとという女の子を抱き上げた。そして若い女と一緒に家の中に入っていった。

十四郎と鶴吉は、唖然として見ていた。

おかねが言ったことには間違いがなかったのだ。

宗兵衛は深川に確かに家を構えていたし、女を囲い、その女に子供まで産ませているようなのだ。

十四郎と鶴吉は、近くの煮売屋の女将に話を聞いてみた。

「ああ、あの家の女の人ね……おとよさんて方ですよ。以前は豊次っていう名のお女郎さんだったと聞いていますよ」

「そうか、すると旦那は女郎を身請けしたって訳か」

十四郎は言った。

「はい、そのようです。旦那の囲い者になってから、おとよさんって名になったんですが、この店にもよく買い物に来てくれますよ」

ところで旦那は何か買ってくれるんだろうね、という顔で女将は十四郎の顔を見る。

「そうだな、そこのどんぶりにある山芋の煮物を貰おうか」

「ありがとうございます」

女将は愛想の良い返事をして、山芋をいそいそと折に詰めながら、

「あそこの旦那は大坂の大商人だって言っていましたね。名前は宗兵衛さん。おとよさんはここにやって来ると、旦那の話をして鼻高々なんですよ。旦那は正妻より私の方が可愛いんだって、正妻はもう婆さんなんだって言うんです。あたしも婆さんの部類だから、酷い言い方だなって思っている訳。だから心の中じゃあ、お前さんだってすぐに婆さんになるよって言ってやってるんですがね。声には出

しませんよ、こっちは一品でも多く買ってもらわなきゃいけないんだから」

女将は、意味ありげに笑った。

「女将、あの女の人には女の子がいるようだが、あの子は旦那の子かい？」

鶴吉が訊く。

「多分ね。あの家に引っ越して来た時にはお腹がふくれていましたからね、旦那の子供さんじゃないでしょうか、なんでも正妻との間にはお子がいないと言っていたから。おとよさんは天下をとったようなもんですよ」

女将は皮肉っぽく言って、折を紐で結んで鶴吉に手渡した。

「女郎をしていたと先ほど言ったが、どこの宿にいたのか知らないか？」

十四郎は一朱金を手渡しながら尋ねる。

「確か……」

女将は首を捻りながら、つり銭を紙箱から取りだしていたが、まもなくはっとした顔を上げて、

「そういえば、松島屋にいたと聞いたような気がします」

「そうか、ありがとう」

引き返そうとした十四郎に、

「旦那、おつり」

女将が呼び止めた。

「いいんだ……」

話を聞かせてくれたお礼だと、十四郎は笑って手を上げた。

三

「鎮目さんが襲われた現場に立ち寄って帰るか」

おかねの夫宗兵衛の別宅からの帰りに、十四郎は永代寺の門前町に足を向けた。

鎮目が襲われた現場を見ておこうと思ったのだ。

「ずいぶんな人ですね」

深川もこの辺りは、永代寺や深川八幡にやって来た桜の見物客で格段に人が多い。

しかしその人々は、数日前に北町奉行所の同心が何者かに刺された事件など、誰一人知らないだろう。

人の世はそういうものだし、それで成り立っている訳だが、被害を受けた者に近しい人々にとっては、取り残されたような空しい光景だ。

十四郎たちは番屋に立ち寄り、名を名乗って、刺された同心と懇意の者だと告げ、小者に事件の場所に案内してもらった。

その場所は、大通りから路地に入った通りだった。小体な店が軒を並べていて、昼間から酔客が歩いている。見渡したところ、この場所なら人の目に付きそうなものじゃないかと思ったが、

「夜はこの辺りは暗いですから……」

小者は言った。

鎮目が刺された場所には、うっすらと血の色が残っていた。

「刺し傷は二か所、二の腕に一か所、肩口に一か所、いずれも急所は外れていたようですが、傷は深いと聞いています」

小者は抑揚のない声で説明してくれた。

「ふむ……」

十四郎は辺りを見回しながら、賊はこの辺りの店で待機していたか、それとも鎮目を追ってここで刺したのか、調べてみる必要があるのではないかと思った。

「実見した者がいると聞いている。その者たちの名は分かっているのですかい」

鶴吉が尋ねると、

「さあ……あっしは聞いてはいませんが、番屋で名前は控えているかもしれません」

小者は言った。

十四郎と鶴吉は、小者と一緒に番屋に引き返した。そして、実見した者の名と所を教えてもらって帰路についた。

ところが、番屋を出てまもなく、一の鳥居の所で若い女がならず者二人に因縁を付けられているのに出くわした。

女は背中に箱を包んだ風呂敷包みを背負っている。抱えられる程の箱で重さもさしてないようだから、小間物か何かの小商いをしている女のようだった。

だがその包みを、ならず者たちは取り上げようとしているのだ。

「止めてください。後生ですからお願いします」

泣きながら懇願する女の手を、太ったならず者がむんずと掴むと、

「詫びる気があるのなら、酒の酌でもしてもらおうか。来い！」

ぐいっと引っ張る。

同時に風呂敷包みが路上に落ちた。

「ああっ……」

女は悲鳴を上げて、落ちた風呂敷包みを拾い上げようとしたが、もう一人の痩せたならず者が、その手を足で蹴り払って、風呂敷包みを奪い取った。

「返して下さい」

叫ぶ女に、

「うるせえ！　俺たちに黙って商売するんじゃねえよ！」

痩せた男は吐き捨てた。だが次の瞬間、

「うっ」

痩せた男は腹を抱えて膝を突いた。

十四郎が走ってきて、当て身を食らわしたのだ。

「お前たち、乱暴がすぎるんじゃないのか」

十四郎は風呂敷包みを取り上げると、若い女を庇って立った。

「ち、ちくしょう」

ならず者二人は、懐に手を入れた。呑んでいる匕首の柄を摑んだのだ。

「いいのか。この方は道場主だぜ、剣の達人だ」

鶴吉がここぞとばかり、にやにやしながら言い放つ。

「痛い目に遭いたくなかったら、去れ。今度この人に無体なことをしたら許さぬぞ」

十四郎はぐいっと睨んで、男二人に歩み寄った。

「お、おぼえていやがれ！」

逃げるが勝ちと、二人は捨て台詞を吐くと走り去った。

「大事ないか？」

風呂敷包みを抱えた若い女に十四郎は尋ねた。

「ありがとうございます。江戸に出てきたばかりで西も東も分からずに、こちらに迷い込んでしまいました。名はなつと申します」

なつと名乗った女は頭を下げた。

「江戸に出てきたばかりだと言ったが、宿はどこだね。送っていこう」

十四郎は鶴吉に荷物を持ってやれと促したが、おなつは固く荷物を握ったまま、俯いて困っている様子だ。

「おなつさん」

鶴吉が手を差し出したが、おなつは荷物をきつく握ったまま、

「すみません、宿は決まっておりません。お金が足りなくなって泊まっていた宿

を追い出されたんです。ですから、この包みの中に入っている小間物を売らなければ、宿に泊まることは出来ません」

俯いたまま恥ずかしそうに答える。

「何とな……」

十四郎は、鶴吉と顔を見合わせると、

「分かった、そういうことならついてきなさい。うちの宿に泊まればいい」

俯いているおなつに言った。

「お金がありません」

おなつは頑(かたく)なだ。

「いいんだよ、心配しなくても。宿代は、その包みの中の小間物を売ってから頂こう」

十四郎は、口を一文字にして俯いているおなつに言った。

橘屋の台所は、夕食の支度で忙しい。

仲居頭のおたかは、板前と仲居たちが膳の上に載せた料理に間違いがないかを点検したのち、お客の部屋に運ぶよう指示していく。

「お吸い物、こぼさないように気を付けて下さい。ああ、そちらのお膳、膾が載ってないでしょ。抜かりのないようにして下さいね」

おたかの声が台所に響く。仲居頭が一番忙しい時間だ。

本日の泊まり客は、駆け込み人のおかねの他に、物見遊山でやって来た三人組と、御府内の寺社まわりをしたいと宿泊している者が一人、いずれも二階の客間に逗留している。

夕食は各部屋に運ぶのだが、おかねは一人で食べるのはつまらないなどと言って、先ほどから台所の隣にある居間に座って膳が出るのを待っている。

待つ間、お茶を出してくれた仲居に、

「大坂のお店でも夕食時はたいへんだす。奉公人の楽しみは美味しい食事ですさかい。私も大坂にいてたら今頃台所を覗いて、あれやこれや注文つけてるところや思います。こうして台所の、時間と競っている様子は、見ているだけでも、ほんに気持ちが引き締まります」

おかねは言った。

亭主と別れたいなどと言って駆け込んできたものの、やはり商家に対する未練はあるようだ。

「おかねさんのお食事は、こちらへ……本日は居間の方で召し上がりますからね」

おたかは仲居に命じる。

するとまもなく、仲居の一人が、おかねの膳を居間に運んできた。

「ごゆっくりお召し上がり下さいませ」

「おおきに。無理言うてすんまへんなあ」

おかねの言葉は、駆け込んできた時とは少し違って殊勝(しゅしょう)である。

「いいえ、隣が台所でうるさいかもしれませんが、お許し下さいませ」

おたかも優しく声を掛ける。

「とんでもおまへん。私、こちらに寄せてもろうてほんまによかった思てますねん。ほんなら頂きます」

おかねは膳に手を合わせる。一度気持ちが落ち着けば、そこは大店(おおだな)の内儀だ。箸を使う姿にも大店の内儀らしい品があった。

するとそこに、十四郎がおなつを連れて入ってきた。

「おたかさん、突然すまないが、この人も今日から泊まることになってな。部屋は階下の空き部屋で良いのだが、まずは食事を出してやってくれぬか」

十四郎は、おなつをおかねの向かい側に座らせると、部屋を出ていった。

居間には贅沢な着物を身に纏ったおかねと、古着の紬を着ているおなつが座っている。

大坂のごりょんさんと、どこかの田舎からやって来た若い娘だ。年齢も、来し方の暮らしぶりも対照的に見える女二人だが、共に心に痛みを抱えているのは同じだ。

おかねは時折、労るような視線をおなつに流しながら、静かに膳に箸を付ける。

一方のおなつは、まるで場違いの所に座らされているような心地なのか、身を小さくして俯いて座っている。

そこにお登勢が入ってきた。

「おなつさん、でしたね。私はこの宿の女将でお登勢といいます」

おなつは、はっと顔を上げて手をついた。

「お世話をおかけ致します。先ほど旦那さまにはお話し致しましたが、なつと申します。下総から参りましたが、宿の代金を使い果たして途方に暮れておりました。……でも、旦那さまのご厚意でこちらに……」

「いいんですよ。酷い目にあったらしいですね。旦那さまから少し事情は聞きました。二世を約束した方を捜しに江戸にいらしたとか……」

お登勢は、くたびれた着物を纏ったおなつを、痛々しい目で見た。

「はい、吾一さんというのですが、半年前にお金を送ってくれまして……その時に書いてあった長屋を捜しているんですが、いっこうに見つからなくて……」

「なんという長屋でしたか？」

「稲荷長屋です」

お登勢は重ねて尋ねた。

「稲荷長屋……で、所はなんと？」

だがおなつは力なく首を振る。

「所は分からないんですね」

お登勢は、気の毒そうな顔で言った。

「はい、それで、まず深川から順番に、手当たり次第に長屋を当たってみようかと思いまして……そしたら怖い人に絡まれてしまって……」

「まあ、それで……」

お登勢はおなつの無謀さに驚いていた。

この江戸にどれほどの長屋があるとおなつは思っているのか……御府内住民の

大半が長屋暮らしだ。それを手当たり次第に訪ねて歩くなんて、何年かかることやらと、お登勢はおなつの顔を見た。

おなつは、弱々しく笑って言った。

「このお江戸が、どれほど大きな町か思い知りました。吾一さんを捜すといっても、これでは何時調べ終えられるか知れたものではありません。でも、だからといって故郷には帰れません。帰っても、行くところがありませんから」

「ご実家の両親はまだ健在なんでしょう?」

お登勢が尋ねると、おなつは苦笑して、

「実家に帰れば、また別の女郎宿に行かされるのではないかと思って……」

おなつは小さな声で言った。

「女郎宿……」

お登勢は驚いて聞き返した。

おなつは、はいと頷いたが、すぐに俯いた。

「おなつさん、差し支えなければ、事情を話して下さい。うちには若い衆がおりますから、何かお手伝いできるかもしれませんよ」

「女将さん、こうしてこちらに寄せていただいた上に、お縋りしてもよろしいのでしょうか」

おなつは顔を上げると、遠慮がちに言った。

「こちらは縁切り御用を務める宿ですが、これも何かのご縁です」

「ありがとうございます……」

おなつは礼を述べ、動揺した気持ちを整えてから、また口を開いた。

「私は下総の小百姓の娘です。家が貧しくて、十七になった時に、父親に説得されて、女郎宿に奉公することになりました」

「……」

お登勢は、じっと見て頷く。

おかねはというと、こちらの話が聞こえないのか、静かに箸を動かしている。

「その時……」

おなつは一度言葉を切ってから、

「私を迎えに来た男から父親が八両を貰って、ほっとした顔をしてみせたんです。私は今でもあの時の父親の顔を忘れることはできません。私が奉公することで、家は八両という大金を手にすることができた。私は家族の役にたったのだと自らに言い聞かせましたが、本当は複雑な気持ちでした」

おなつの告白は、厳しい身の上話から始まった。

「女郎宿に奉公するのは承知の私でしたが、村の人にも友だちにも、誰にも知られずに村を出ていきたい、私はその時そう思いました」

特に……と大きく息をついてから、

「幼なじみの吾一さんには、絶対知られたくないと考えていました」

とおなつは言った。

吾一はおなつより三歳上で、同じ村の小百姓の次男坊だったが、十二歳の頃から町の呉服屋に奉公していた。近年は会うこともなかったのだが、おなつの心の中には、いつも吾一の姿があった。

「年季（ねんき）があけたら帰ってこい、待ってるべ」

父親はおなつにそう言ったが、おなつはその言葉を信じる訳にはいかなかった。

父親が女郎宿と交わした念書には、からくりがあった。

その念書には、一般の奉公人が店側と交わす文言が並んでいて、年季も記されてはいるが、その実体は法をかいくぐるための証文（しょうもん）だった。

女郎宿での奉公は、どこにでもあるような女中の仕事ではない。男に体を売るのが仕事だ。

しかも年季もあってないがごとく、衣装代だの食事代だのと頼みもしない物品をあてがったとされて、それが新しい借金となり、いつまでたっても女郎宿から抜け出せない仕組みになっていた。

父親もそのことは知っている筈なのに、娘をそんなところに送る罪悪感からか、気休めの言葉を並べて送り出したのだ。

しかし父親が、どんな慰めの言葉を並べようと、おなつには内実はどういうものか分かっていた。

村の女で女郎宿に奉公した者は一人や二人ではない。その女たちが女郎宿でどんな仕事をしているのか、噂は聞いていたし、村に帰ってきた者など一人もいなかったからだ。

泣いても喚(わめ)いても女郎宿から抜け出すことなど出来はしないのだ。覚悟をするしかないのである。

果たして、おなつの女郎勤めが始まったが、やはりおなつが想像していた通りだと思った。

見知らぬ男に体を預けて耐えるしかない毎日……次第に身体だけでなく心もむしばまれていくのが分かった。

そんなある日、女郎として働き始めてから一年も過ぎようとした春のこと、吾一が女郎宿を訪ねてきたのだ。

吾一はまだ住み込みの手代で、たいした給金を貰っていた訳ではないが、それまで貯めていた金を握りしめて、おなつに会いに来てくれたのだった。

「おなっちゃん……」

久しぶりに会った吾一は、おなつの名を呼んだだけで何も言えず、ただはらはらと涙を流すおなつを、力一杯抱きしめてくれたのだった。

言葉はいらなかった。互いに愛情を持っていたことは分かっている。

二人は春の夜のひとときを、ずっと抱き合って過ごした。

そして帰り際に、吾一はこう言ったのだ。

「俺は店を辞める。辞めて江戸に出て金を作り、おなっちゃんをここから出してやるよ。そして一緒になるんだ、きっとだぞ。これが約束の印だ」

吾一はそう告げると、後生大事に首に掛けていたお守り袋を、おなつの手に握らせて帰っていったのだ。

そのお守りは、おなつや吾一が暮らしていた村の神社のお守りで、新年の初参りや神祭りの日に下される物だった。

おなつにとっても懐かしいお守りで、それを手にするだけで、貧しくても幸せだった子供の頃を思い出したし、吾一との約束の品とあっては格別のものとなった。

くじけそうになると、おなつはそのお守りを握りしめて吾一に想いを寄せた。

だが、吾一からその後、長い間音沙汰もなく、

「ここから出してやるなんて、そんなことが出来る筈がない……私はだんだんそう思うようになっていったんですけど……」

おなつはそこまで話すと、お登勢を見た。

「ところが、送ってくれたんですね、お金を……」

お登勢は言った。

「はい、半年前のことです。吾一さんはお金を送ってくれました。十五両も……」

「十五両！……」

お登勢は驚いた。同時に俄に不安が胸を覆った。

田舎町の呉服店の手代だった若い男が、江戸に出てきて僅か一年で十五両もの大金を作って送るなど、通常では考えられない話だ。

多くの事件を見てきたお登勢だからこそ思う疑問だ。

だが、おなつは、そんな不安や疑問よりも、吾一の居所を摑むことで頭の中が一杯のようだ。

「私は考えた末に女郎宿と談判をいたしました。宿の都合ですぐに解放されることは叶いませんでしたが、半月前に、十二両で暇(いとま)を貰うことができました。それで、残りの三両を握って江戸に出てきたんです。その三両で吾一さんと新しい暮らしを始めたいと思ったんです。でも、先にもお話ししたとおり、お金を送ってくれた時に書いてあった長屋を捜してみましたが、見つけることが出来ません。それで途方にくれて、このままじゃあ駄目だ、小間物でも売りながら月日を掛けて吾一さんを捜そう、そう思いついたんです。でも、小間物を仕入れた時にお金の大半を使い果たしてしまいまして、十日ほどは安宿に泊まったんですが、もうお金がなくなって……」

消沈(しょうちん)するおなつに、

「おなつさん、もう一度お尋ねしますが、吾一さんの送り状には、所は書いてはいなかったんですね」

お登勢は、おなつの顔を見る。

「はい」

「では吾一さんが、どんな仕事をしているか、例えば、どこに奉公しているか、それも分からないんですね」

おなつは力なく首を振ると、

「書き付けたものは何も入っていませんでした。ですから、吾一さんがこの江戸で何をしているのか、分かりません」

力のない声で言う。

「それじゃあ雲を摑むような話ですね」

お登勢の言葉に、おなつは力なく首を垂れた。

じっとおなつの顔をお登勢は見詰めながら、

――吾一さんがお金を送った時に、はっきりと所を記さなかったのは、吾一さんに余程の事情があるからではないのか……。

そういう事情なら、記していた稲荷長屋も本当にあるのかどうかも疑わしい。

お登勢は嫌な予感に襲われていた。

四

橋屋の庭の桜も今がさかりとなった。またその根元には菜の花も咲き誇ってい
て、それを眺めるだけで心が弾む。
お登勢と十四郎の一人娘お幸は、春の日を背中に浴びて、子守役のお民と菜の
花を摘んでいる。
犬のさくらは、庭を走り、菜の花の中を走り、時折立ち止まると、首をお幸に
向けて、
——あそぼ……。
と誘っているようだが、お幸は菜の花を摘むのに夢中だ。
すると、さくらが癇癪を起こしたように、お幸が摘んでいる菜の花の近くで、
ぐるぐる、ぐるぐる回り始めた。
はしゃいでいるように見せかけて、菜の花を踏みつけ、自分に関心を向けさせ
ようとしているのだ。
「さくら、さくら……駄目でしょ、お止め、お止め、お座り！」

お幸は叱ってお座りをさせようとするのだが、さくらは馬耳東風、お幸の言うことなど聞きはしない。

あっちに走り、こっちに走りして、時折立ち止まってお幸の方を見て、わんっと吠えるのだ。その顔は、

——捕まえてみる？……捕まえたら言うことを聞いてあげてもいいよ。

そう言って、お幸を挑発しているのだ。

「さくら！」

お幸はついに怒って立ち上がると、さくらを追っかけるが、さくらがじっとしている筈はない。菜の花の中をいっそう激しく走り回ってお幸の手には負えないようだ。

「馬鹿馬鹿、さくら……」

ついに、お幸が泣き出した。

「お幸さま」

見守っていた子守役のお民がお幸の肩を抱き留めるが、お幸の涙はとまらない。

すると、そこに万吉が何か手に持って現れた。そして、しゃがんでさくらに声を掛けた。

「うまいぞ、炒り豆だぞ」

　手を伸ばしてさくらを誘うと、

「くうん……」

　さくらはひと鳴きして、貰ってやるかというような顔で、万吉の手元によちよちと歩み寄ってお座りをしてみせた。

「よしよし、本当はお前は賢い犬なんだよな」

　掌を開いて、さくらに豆をやる。

　さくらは尻尾を振りながら美味しそうに食べて、すぐに次のおねだりの顔を万吉に向ける。

「よしよし、お手！」

　万吉が命じると、なんとさくらは、お手まで披露したではないか。

　万吉は得意そうな顔をお民に向けて、

「こうして躾けるんだ」

　豆をやりながら言った。

「お幸もやりたい……」

　お幸は早速、万吉から炒り豆を貰って、さくらに命じる。

た。

するとさくらはお座りをして、お手もして、お幸の手から炒り豆を貰って食べた。

「お座り……お手！」

「すごいすごい……」

お幸は大喜びだ。

「お民さん、お守り役なら少しは頭をつかってみなくちゃな」

万吉は側で口惜しそうな顔をして見ていたお民に言った。

「ふん」

お民は鼻で笑って言い返す。

「もう、生意気言って。あんたにはちゃんとした御用があるんでしょ。なんだかんだ言いながら、さくらと遊びたいだけじゃない」

「ちぇ。どうやってさくらを躾けてやればいいか教えてやったんじゃねえか」

万吉はベーをして笑ってみせると、庭を出て行った。

縁側から見ていたお登勢は苦笑して、

――まったくいつまで……。

ため息をついた。

二人の喧嘩は長年のものだ。

浅草寺で迷子になって泣いていた幼い万吉を、お登勢が拾ってこの宿に連れてきた時から、お民はずっと姉のように万吉に接してきた。

万吉もお民を姉のように慕ってきているのだが、顔をつきあわせると遠慮のない応酬が始まるのだ。

だが、そのずけずけ言い合っているのも、お互いの存在を確かめているような節がある。

「よろしいなあ。お幸さんは可愛いさかりや、私にも孫がいればと思うと、羨ましいかぎりだす」

お登勢は、突然声のした背後を振り返った。

庭を眺めながらおかねが近づいてきた。

お登勢は会釈して迎えた。

「おなつさんは朝早くから出かけていかはりましたね」

おかねは言った。

「ええ、やはり諦められないんでしょうね。気持ちは分かりますが、雲を摑むような話で案じています」

お登勢の案じ顔におかねは頷き、

「私、昨夜おなつさんの部屋訪ねてみました。お気の毒で黙ってみてられしまへん。ついでに、かんざし一本いただいたんですが……」

おかねは、髷(まげ)にさしていた銀のかんざしを取り、お登勢に見せる。透かしを入れた銀細工で、さっぱりしていて、飽きのこないかんざしだと思った。

「あら……細工もしっかりしていて、これは余程腕の良い人の品ですね」

お登勢は手にとって見た。

「おなつさんが持っていたかんざしの中では一番お高いものやて言わはって……」

「お気遣いいただいたんですね。すみません」

おかねは、おなつの金のない事情を知って、助けてくれたんだとお登勢は察した。

「いいえ、どんな品を持ってはるのか興味もありましたし……」

おかねは微笑んでかんざしを髷に戻すと、庭で遊ぶお幸に目を転じた。

柴犬とお幸が遊ぶ姿が、春のかげろうの中に見える。

「お登勢さん、私にも娘がいてたんですよ」

おかねは、お幸を見ながらぽつりと言った。

「娘さんが……でも確かお子様はいらっしゃらないとおっしゃって……」

「ええ、亡くなりましたので」

おかねはさらりと言った。

「まあ……」

お登勢は、おかねの横顔を見た。

「娘が亡くなったのは、十歳の時どした。流行病で亡くなったんだす。あの子が生きてたら、丁度おなつさんの年頃。昨日おなつさんの話を聞いていて、ふっと他人ごととは思えなくなりましてね」

それでかんざしを買ってやったのかと、お登勢は頷いた。

「おかねさんはご自分のことで大変な思いをしていらっしゃるのに、おなつさんのことまでご心配をおかけして」

わがままで気の強そうな人だと思っていたおかねの、心の奥にある哀しみや優しさを、お登勢は垣間見て意外に思った。

「いえ。私、かっかしてこちらに参りましたが、旦那さまの十四郎さま、そしてお登勢さんに、私の気持ちを真剣に聞いていただきました。それだけで心穏やかになってます。不思議だすなあ。店にいる時には、奉公人に弱みを見せてはあかん思うて暮らしているからか、弱音は吐けません。でもこの宿で胸の内を聞いていただいて、怒り狂っていた心が、いま一度自分を振り返っています。今は自分のことより、おなつさんのことが気になって……」

おかねは苦笑して言った。

昨日、十四郎と鶴吉が調べてきた深川の妾のことは、まだおかねには伝えていない。

二人が調べたところによると、おかねの言っていた通り、宗兵衛は深川に家を構えていた。しかも若い女を囲っていて、子供までいるようだ。

ただ、夫の宗兵衛の意思はむろんのこと、おとよという女のこと、またおいという女の子の父親は誰なのかということなど、確かなものを摑んでから、おかねには話そうと考えているのである。

お登勢も今は人の妻だ。おかねが夫の心の行方に気持ちを乱されるのはよく分かる。

だからこそ、調べの結果がおかねにとって厳しいものであったとしても、なんとか宗兵衛とよりを戻せないものかと願わずにはいられない。

だがそのおかねが、おなつのことを心底案じている様子に、お登勢は新たに心を打たれていた。

　そのおなつはというと、今日も吾一を捜して深川の、あちらこちらの長屋を歩きまわっていた。

「櫛にかんざし、白粉はいかがですか……お安くしますよ、いかがですか……」

　箱を背中に背負って長屋の路地に入り、女房を見つけると走り寄って声を掛ける。だが大概、

「かんざしどころじゃないんだよ。うちは食べていくのがせいいっぱいなんだからさ。こんなところを廻ったって売れやしないよ」

　そう言って断られるのが落ちだった。

　だが時には、家の中に招き入れて、

「白粉を下さいな。貧乏していても、たまには化粧もしたいじゃない。まだまだ枯れてはいないんだから。年増だ、ばばあだって、遠慮のない憎まれ口を叩く亭主や男たちに、色気のあるところを見せつけてやりたいよ。そうだ、ねえ、紅も持ってるんでしょ？」

などと積極的に話しかけられ、商いが成立する時もある。

おなつはそんな時、頃合いをみはからって、女たちに尋ねるのだ。

「すみません、吾一さんて人を知りませんか……この辺りで暮らしていると思うんだけど……」

その人は二世を誓った人なんだけど、訳あって行方知れずになってしまって、こうして商いをしながら捜しているのだと告げると、長屋の女たちは親切に話を聞いてくれて、

「そうだったのかい、気の毒な話だねぇ。力になってあげたいけど、そんな名の人は知らないね。でもね、力を落とすんじゃないよ。きっと見付かるよ」

などと慰め顔で応えてくれるのだった。

吾一の消息は摑めなくても、おなつはこの江戸で、人のあたたかさを感じて嬉しかった。

それもこれも、悪い男たちに絡まれたのを助けてくれて、宿まで提供してくれた橘屋のお陰だ。

とはいえ、吾一を捜し始めてもう半月近くになる。勢い勇んで江戸にやって来たものの、さすがのおなつも半ば諦めかけているのだった。

捜し疲れたおなつは、いったん大川端に出て永代橋の袂から北に向かった。

次は小名木川沿いを捜してみようと考えたのだ。

おなつは、万年橋の北側にある柾木稲荷で一服することにした。

この神社にも桜の木が二本、大きな枝を広げていて、境内には甘酒を売ってい

る店と串団子を売っている店が出ていて、数人の女連れが縁台に座って、団子を

食べながら、ちらっ、ちらっと舞い降りている桜の花弁に酔いしれていた。

おなつは、団子を買う銭も甘酒を買う銭も持ちあわせてはいない。

いや、おかねにかんざしを売った一朱金や、先ほど長屋の女房に白粉を売った

銭は持っているが、それは使えない。

宿代にとっておきたいし、次の仕入れ代金も必要になる。腹が空いたからとい

って、食い物飲み物に銭は使えない。腹に巻いている金銭は、おなつにとっては

なけなしの金である。

おなつは木陰になっている自然石の上に腰を掛けた。縁台に座るのは気が引け

たからだ。

――ふう……。

一息ついて、舞い落ちる桜の花弁を眺めていると、目の前に甘酒のお椀が差し

出された。

驚いて見上げると、

「俺のおごりだよ。元気出して……」

甘酒を捧げてくれたのは鶴吉だった。

「鶴吉さん……」

「遠慮しないで、さあ……疲れがとれるよ」

鶴吉は、おなつの手にお椀を渡すと、おなつの側にしゃがんで自分も甘酒を飲みながら言った。

「お登勢さまが、おなつさんが心配だから見守るようにと……だからずっと、おなつさんの後をついてたんだぜ」

「すみません」

おなつは頭を下げた。

「しかし、吾一って人も、罪な男だな。こんなに一生懸命捜しているいい人がいるっていうのに……」

鶴吉は言いながら、一気に甘酒を飲み干した。

おなつも甘酒に口を付ける。

「美味しい……久しぶりです」

嬉しそうなおなつの様子に、鶴吉は安堵した顔で、おなつに微笑む。

「ごちそうさまでした。力がつきました」

おなつも飲み干して鶴吉に礼を言った。そして袂から手ぬぐいを取りだして唇を拭った。

その様子を横目でちらりと見た鶴吉の目が、一瞬驚いて見開いた。

「おなつさん、その手ぬぐいだが、どこの手ぬぐいなんだね」

「えっ、これですか……吾一さんが送ってくれたお金が包んであった手ぬぐいです」

きょとんとした目で、おなつは鶴吉を見た。

「ちょっと見せてくれねえか」

鶴吉は手を差し出して、怪訝な顔のおなつから手ぬぐいを受け取った。そして慌てて広げて見る。

手ぬぐいは新品ではなかった。吾一が使っていた手ぬぐいなのか、少し生地はくたびれていた。

使い古した手ぬぐいは、うっすらと茶色がかっているが、端っこには○が三つ、互いに一部分を重なり合わせて、花びらのような形をした一文銭ほどの大きさの標が、藍色で染め抜かれている。

「おなつさん、この手ぬぐいで何か摑めるかもしれませんぜ」

鶴吉は、紅潮させた顔を上げた。

五

一方、藤七と万吉は、馬喰町の旅籠高田屋に滞在している宗兵衛を訪ねていた。おかねが橘屋に駆け込みをしたことを伝えて、宗兵衛の意向も聞き、話し合いのための呼び出しを掛けるためだ。

宗兵衛は丁度出かけるところだったらしく、訪ねてきたのが縁切り寺の御用宿の者と聞いて、一瞬顔を曇らせた。

そして供の手代に、

「私はあとから行く。お前は先に行ってくれ」

そう命じ、藤七たちを部屋に招き入れると、

「おかねのことですな……」

面倒くさそうな顔で言った。

「ご存じでしたか、お内儀がうちの宿にいることを」

藤七が尋ねると、宗兵衛は苦笑して、

「その日のうちに突き止めております。朝から様子がおかしかったさかい、手代におかねのあとを尾けさせたんです」

こっちもぬかりはないんだという顔をしてみせた。

「ほう。橋屋に駆け込んだことを知っていて今日まで放置されたということですな……仰天して迎えに来るのならともかく、江戸に不案内なお内儀を案じることもなく、橋屋には顔も出さなかった……」

藤七は、宗兵衛の態度が気に入らなかった。大事な女房なら、慌てて橋屋に迎えに来ても良いではないかと思ったのだ。

「おかねは何があっても困らないだけのお金を、常に持ち歩いていますのや。お金を持っていなければ心配も致しますが、小娘ではありまへんし、年季の入った大年増……」

ちらと藤七に笑ってみせて、

「それに、そこいらの内儀とちごうて、大店の内儀として暮らしてきて、処世の仕方も心得ておりますのや。橋屋さんに入ったのなら、さして心配はいらへん思いまして……こちらも忙しい身でございますよって、女房殿のわがままに付きおうてる暇はあらしまへん。そやから、しばらく様子をみよう、そう考えていたんだす」

藤七の言葉にも動じず、宗兵衛は平然とした顔で言った。

「しかし、町には乱暴な輩も大勢いるんです。そんな者たちに襲われたり因縁をつけられたりと、一人歩きは安心できません」

藤七はさらに言ったが、

「おかねは並の女とは違います。口も八丁手も八丁、男にだってまけてはおりまへんわ」

少しも案じる気配のない宗兵衛に、藤七はとうとうかちんときた。

「ほう。女房殿はほったらかしておいても心配ないが、深川の女子は気にかかる。忙しいと言いながらも、深川には足を運ぶんですな」

皮肉たっぷりの藤七の言葉に、宗兵衛の顔が一瞬強ばった。

やっとこちらの土俵に上がってきたかと、藤七は話を続ける。

「おとよさんには、おいとさんという娘さんもいるようですが……」

「調べたんどすか……お人が悪うおすな」

宗兵衛は苦笑してから、

「その通りだす。確かにおとよ親子を深川の家に住まわせてます。実は気の毒な親子でして、人助けのつもりですのや。それがあかんことやとおっしゃるので……」

宗兵衛は藤七を睨んできた。

「いえいえ、人助けならば、何も申し上げることはございません。ですが……」

藤七は宗兵衛を、きっと見返して、

「おかねさんの話によれば、深川の家にいるのは、女中さんではなくて、旦那の囲い者ではないかと……」

藤七は、おかねが橋屋にやって来た時告白してくれた話を宗兵衛に伝えた。すると、

「いい歳をして、困ったものです。妄想も甚だしい」

宗兵衛は、切り捨てるように言った。

「妄想ですか……実は私どももざっと調べておりまして……おとよさんは女中などではない、お妾だと分かっています。当のおとよさん自身も近所に旦那の思い

人だと吹聴していふいちょうるようですから……なんでも、自分はいずれ正妻として大和屋に入る身だとか言っているようですがね」

藤七は厳しい顔で宗兵衛を見た。

宗兵衛は一瞬顔色を変えたが、

「そうですか、おとよがそんなことを……はっはっはっ」

余裕の笑いを飛ばしてみせると、

「私は、おかねを追い出して、おとよを正妻の座に据えるなどということは考えたこともありまへん。おっしゃる通り、おとよは女中ではありませんが、大和屋の内儀に据えるような女ではありまへん。番頭さんも男ですから分かっていただける思いますが、この江戸での滞在は年に数回ありますし、そんな時には、やはり身の回りの世話をしてくれる者が欲しい。そう思いまして」

藤七に同意を求めるような口調で、おとよを囲い者にした経緯をざっと話した。

宗兵衛は江戸滞在中に当初は吉原に通っていたのだが、そのうちに深川の岡場所にも足を運ぶようになっていた。

男の気まぐれだったが、深川の料理屋から呼び出しを掛けてやって来た最初の女郎が豊次だったのだ。

豊次は、目端の利く美貌の女郎だった。逢瀬を重ねるうちに豊次のそれまでの苦労を聞くにつけ、自分の手元に置いてやりたいと思うようになった。

やがて豊次が他の男と交わらないよう、多額の金を妓家の『松島屋』の女将に渡していたのだが、それでも安心出来なくなって、五年前に身請けして深川に囲ったのだ。

その決断をしたのは、豊次が身ごもったと知ったからだ。

豊次は名をおとよと改め、生まれた子は女でおいとと名付けた。

「まあ、そういう経緯でございまして……」

宗兵衛は、きまり悪そうな顔で話し終えると、

「おかねには、きちんと話しておくべきだったのかもしれまへんが、まあ、そういう事情でございまして……」

藤七の顔を改めて見た。

「旦那の言い分は分かりました。まずは当のお内儀と腹を割って話していただくことが肝要かと思います。近々に橋屋に足を運んでいただきますよう」

藤七は、宗兵衛の膝前に持参した差し紙を置いた。

「なるほど、差し紙を持参するとは……橋屋さんは御上の息がかかった宿だとい

うことでございますな」

　宗兵衛は苦い顔で差し紙を取って見た。

「待たせたな」

　十四郎が諏訪町の道場から帰ってきたのは、夕暮れ時だった。

　お登勢と藤七、そして万吉も、お茶を飲みながら首を長くして待っていたのだ。

「お幸は……」

　十四郎は、座るや否やお登勢に訊く。

　いつもは玄関に走って来て出迎えてくれるお幸の姿が見えず、拍子抜けした顔だ。

「あちらです」

　お登勢は、隣の居間の方に顔を向けた。

　隣の部屋では、おかねがお幸とあやとりをしている。お民は台所で夕食の支度を手伝っていて、お幸のお守りが手薄になったところに、おかねがやって来て、お幸と遊び始めたのだ。

　時折、お幸がはしゃぐ声も聞こえてくるし、おかねの弾んだ声も聞こえてくる。

「ずいぶんおかねさんに懐（なつ）いているじゃないか」

十四郎は微笑む。

「ええ、おかねさんは亡くなった娘さんのことを思い出しているのかもしれません」

お登勢は言った。

「ふむ……」

おかねが一粒種（だね）の幼い娘を亡くしたことは、皆承知している。

「それで、藤七は宗兵衛に会ってきたんだな」

十四郎は、藤七と万吉に顔を向けた。

「はい、差し紙も渡してきました」

藤七は宗兵衛との話を十四郎に説明した。

「そうか、おかねさんの勘は当たっていた訳だな。それで、おいとという女の子だが、宗兵衛の旦那の娘なのか？」

十四郎は訊く。

「それですが、私は別件で行けなかったのですが、万吉が深川の妓家の女将に話を聞いてきています」

藤七が万吉に顔を向けて促すと、万吉はきりりとした目で、

「松島屋は深川仲町にある妓家のひとつでした。仲町にある料理屋の『梅本』、『山本』、『尾花屋』などに呼び出されて、妓家の女郎たちはそこで春を売っていたんです。ご存じだと思いますが、仲町の料理屋は諸大名の留守居役や幕府のお役人たち、また御用達商人など、地位と金のある人たちの遊ぶところです。料理屋はたいへん繁盛しているようですし、それらの料理屋から呼び出しを受けて、豊次たちは客の相手をしていたようです」

馴染みのない妓家の調べは、万吉にとっては苦手だったが、そこは気持ちを引き締めて、妓家の松島屋に向かったのだった。

そして女将に話を聞きたい旨を伝えて、しばらく框に座って待っていると、濃い化粧の女将が現れた。五十路に近い年齢と思われたが、その顔の艶たるや驚くほどで、妓家の景気の良さが窺えた。

万吉は橘屋と自分の名を名乗り、

「ここにいた豊次という女郎について話を聞きたいのだが……」

と、面倒くさそうな顔で座す女将に尋ねた。

「ずいぶん昔の話でございますね」

女将はかったるい声で言った。

「大坂の酒問屋、大和屋宗兵衛さんが、豊次という女郎を身請けしたそうですが、その時、豊次の腹には子が出来ていた。その子は誰の子か、大和屋宗兵衛の子で間違いないのか、それを教えてほしいんだが……」

きっと見た万吉に、

「難しいことをお訊きになるんだねえ。旦那方を相手に身体を預けている女の腹に出来た子が誰の子かなんて、誰にも分かるもんかね。本人にだって分かりませんよ」

女将は呆れ顔だ。

「ちょっと待った」

万吉は、険しい顔で話を中断して、

「豊次さんはまだ身請けしないうちから、宗兵衛さんが他の客をとらないように過分な金子(きんす)をこちらに渡していたんじゃないのかい」

「まあ……」

女将は袖で口を押さえると、頭をふりふり妖艶(ようえん)に笑った。

「な、何が可笑(おか)しいんだ」

万吉はむっとした。

「だって、兄さんはあまりに……」

またクスクス笑って、

「ひょっとして女を知らないのね」

「そ、そんなこと……」

万吉は顔を赤くしたが、すぐに険しい顔つきになって、

「尋ねたことに答えてくれないか」

「そりゃあね、過分に頂きましたよ、宗兵衛の旦那にはね。でも、豊次だって先行き分からないんだから、他のお客をつなぎ止めておきたいって気持ちはあったでしょうよ。あたしが駄目だと言ってもさ、豊次には豊次の考えがありますからね。呼び出しを杓子定規に断っていたら、豊次も、この宿も、損害を被るわけですから」

何が悪いんだと女将は言いたそうだ。

「すると、身請けされるまで、お客はとっていたということですか」

万吉は呆れ顔で訊く。

「まあね。そこのところは、宗兵衛の旦那だって納得ずくだと存じますよ。大店

の旦那が野暮なことを言っちゃあ笑われますもの」

　女将の話を聞いた万吉は、驚いて仲町を引き揚げてきたのだった。

「そうか……そうすると、おいとは宗兵衛の娘かどうかは分からぬな」

　耳を傾けていた十四郎は呟いた。

「おかねさんが、あれこれ考えて悩むのも分かりますね」

　お登勢は納得顔だ。十四郎の妻になり、子供を産んで母となった今のお登勢には、よりいっそう世の女たちの悩みや苦悩が身に染みるようになっている。

「宗兵衛さんにしてみれば、好いて身請けした女の子供です。自分の娘として育てているんですから、いずれ大和屋の娘として店に入れるのではないでしょうか」

　お登勢は顔を曇らせて言う。その時だった。

「ただいま戻りました」

　鶴吉がおなつと帰ってきて、皆のいる居間に顔を出した。

「何か手がかりはありましたか？」

　お登勢は訊いた。

「実は、ひとつの手がかりになるのじゃないかと思われるものを、おなつさんは持参していたんです」

鶴吉はそうお登勢たちに告げると、後ろに控えて座ったおなつを見遣った。

おなつが前に進み出てきて、袂に入れてあった手ぬぐいを取りだして、お登勢に手渡した。

お登勢は手ぬぐいを延べる。

「その端っこをご覧になって下さい。店の標だと思うのですが……」

鶴吉は、○が三つ重なり花びらのような模様を成している部分を指した。

十四郎も藤七たちも覗き見る。

「おなつさんに送ってきた金を包んでいたようです」

鶴吉は言った。

「お登勢さま、これはまさしく店の標ですね。捜すのに手間はかかるでしょうが、この標のお陰で、どこのなんという商店なのか分かるのではありませんか」

藤七の言葉に、お登勢は頷き、

「各町内の番屋に尋ねるか、あるいは、てっとり早く知るためには、御奉行所に尋ねてみるか……」

皆に問いかけるように見回すと、

「手分けしてやってみます」

藤七は言った。

六

「おい、十四郎。今日亭主の方がやってくるらしいが、俺は何も聞いてないぞ」

大股でどしどし橋屋の座敷に入ってきた近藤金五（きんご）は不服の顔で座った。

金五は橋屋の真向かいにある、縁切り寺慶光寺の寺役人だ。

駆け込み人が寺入りするには、金五の承諾なしでは出来ない。

そこで通常は、早々に駆け込み人の事情を話して一緒に調べているのだが、今回ばかりは高齢の夫婦でもあり、また話し合いによっては元の鞘（さや）に戻れるのではないかというお登勢の考えで、今日まで金五には話していなかったのだ。

「いま話す。寺入りになるか、まだ分からん話でな。それでおぬしに話すのは控えておったのだが、今日二人は顔を合わせて話し合うことになったのだ」

十四郎は言った。

それを受けて、お登勢がこれまでの調べを金五に説明した。

「ふむ、そういう事情か。女房殿が気に食わぬのも分かるが、五十路にもなって寺入りは辛かろうに……」

「ええ、ですから二人の話し合いでなんとかならないかと思いまして」

お登勢は言った。

「子細は分かった。だが俺は口出しはせぬぞ。かえってややこしくなってはいかん」

金五はだんまりをきめこむつもりだ。

「それで結構です。あとで何も知らなかったとおっしゃられては困りますので、お呼びしたのですから」

お登勢は笑った。

「あいかわらずお登勢殿はきついことを言う。十四郎、おぬし、やられてばかりではないのか」

金五は苦笑する。すると、

「それを言うのならおぬしだろう。千草殿には、何においても歯が立つまい」

十四郎は楽しそうに笑った。

千草とは金五の妻で、諏訪道場の前の主だ。剣術においては夫の金五は一本も取れぬはず。

「まったく、口の減らぬやつだ。寺役人をなんだと思っているんだ。罰として、お登勢、近いうちに『三ツ屋』に招待しろ」

金五は大声を上げた。

三ツ屋とは、お登勢が営んでいる店だ。寺入りをして離縁は出来たが、暮らしの目処が立たない女たちを救うために営んでいる。最初は水茶屋に毛が生えたような店だったが、今では立派な料理茶屋になっている。

寺に入れば行儀作法などは必ず身につく。なにしろ寺の主は先の十代将軍家治公の側室だった人だ。寺入りした女は日常の立ち居振る舞いはもとより、読み書き算盤なども、みっちりたたき込まれている。

三ツ屋にやって来るお客は、すぐにそれに気がついて、三ツ屋で働く女たちに好意を持って見てくれる。そのことが、店を大繁盛させている要因だ。

かつて十四郎が橘屋の用心棒だった頃から、たびたび店の座敷に上がって、金五とは酒を酌み交わしているのだが、近頃は忙しさに紛れてとんとご無沙汰になっている。

「承知しました。ご招待致します」

お登勢は笑って言った。

気の置けない二人のやりとり、熱い友情は誰よりも分かっているお登勢である。

「近藤さまの声は、台所まで聞こえておりますよ」

おたかが笑いながらお茶を運んで来た。

すると丁度そこに、大和屋宗兵衛がやって来たと、万吉が知らせてきた。

「おたかさん、おかねさんをここへ」

お登勢はおたかに、おかねを部屋に連れてくるよう命じた。

まずは宗兵衛が万吉に案内されて、部屋に入ってきた。その顔には不快な色が満ちている。

むっつりとして座ったが、お登勢の美貌に驚いたか、一瞬困ったような表情を見せた。

十四郎とお登勢、それに金五も名と役目を告げると、

「つまらぬことで、家内が世話になっています。お恥ずかしい次第です」

宗兵衛は苦笑した。

「恥ずかしいのは、あんたはんのことやありまへんか」

おたかに呼ばれたおかねが部屋に入ってきた。

「うちに嘘ついて、女を囲うて、いったいあんたはん、幾つや思てますの」

おかねは座ると、きっと夫の顔を見た。

「歳を言うのならそっちのことや。大げさなこと言うて、こんなところに駆け込んで、恥ずかしい思わんのか」

宗兵衛は鼻で笑う。

するとすぐに、おかねは噛みついた。

「おとよさんだしたな、その女は……女の子もいるいうやありまへんか。いずれ大和屋に入れて、その子に店、継がせるのと違いますか」

「誰がそんなことを……」

「おとよという女が言うてるらしいやおまへんか。それが目的であんたはんに取り入ったんや。そんなことも分からんと、ええ歳して鼻の下を伸ばして、そんな情けない男やったなんて、この歳になって知るやなんて……こっちから別れたるわ！」

「おかね！」

二人は今にも摑み合いになりそうな血相だ。

「まああ……」

十四郎が手を広げて、

「今しばらく心を静めて……」

二人をおさめてから十四郎は宗兵衛に、おとよの娘おいとは、父親は誰なのか分からない。妓家の女将がそう言っていたようだと話してやった。

おかねはそれみたことかというような顔で亭主を睨んだが、宗兵衛は驚きもしなかった。

「分かってます。私の子ォではないでしょうな。ただ、私がこちらに出てきた時には、世話をしてもらえますよって……それだけですわ」

あっさりと言った。だが、おかねは納得できる筈はない。

「ええ歳して若い女を囲うやなんて、おゆりが生きてたら、なんと言わはるやろ。嘆きますわ」

おゆりというのは、どうやら二人の一粒種、幼くして亡くなった娘のことらしい。

宗兵衛は、亡くなった娘の名を出されて、黙った。

しばらく沈黙が続いた。

おたかが、皆にお茶を運んできて下がると、おかねがぽつりと言った。

「どうしてこんなことになったんやろ思いますわ。あんたはんと一緒になって、難しい姑に仕えながら、お店大きくしてきて……やっと安気に暮らせると思うていたらこの有様……苦労をしてきた三十年は、うちにとって何やったのかと……」

おかねがしみじみと言った。

宗兵衛は視線を俯けて黙って聞いている。

「最後には、こんな罵り合いをするための三十年だったんやろかと……こちらの宿に寄せてもろて、一人になって考えていると、つくづくなさけのうて……」

おかねは、袖で涙を拭った。怒りで張り詰めていたものが、ここにきて涙となって吹き出したようだ。

「誰も別れるて言うてへんやないか。あんさんが勝手にそう思てるだけや」

宗兵衛は、ちらとおかねを見て言った。だが、

「跡取りのことも、妹の倅だと決めていて、もうそろそろ店に入れて商いのことも教えていかなあかん思てんのに、ほったらかしや。おとよという女の娘を店に入れて跡継ぎにするつもりに違いない、そう考えると……」

おかねは泣きながら問い詰めるような視線を宗兵衛に送った。

「ええい、聞き分けのないことを……違う言うたら違うんや。信用でけへんのやったら、好きなようにすればよろしい。こんなことせんでも、いつでも別れたるわ」

宗兵衛が、ついに怒りを露わにして言った。

「宗兵衛さん、待って下さい」

今度はお登勢が中に入った。

「私は女ですから、おかねさんの心痛が良く分かります。おかねさんの心配が違うというのなら、きちんと説明してあげて下さい。特にお店の跡取りについては、いったいどのように考えているのか。おかねさんにとっては、老後のことを考えれば一大事です。年を重ねれば女房の言動が鼻につくこともあると思いますが、しかし長年の苦労の上での言葉でしょう。自分に寄り添って尽くしてくれた古女房をないがしろにして良い筈がありません。特におかねさんは、一粒種の娘さんを亡くしてしまって、今でも苦しんでいるんです。寂しい思いをしているんですよ。一方のあなたさまは女を囲って、その女が産んだ娘に、おとっつぁんと呼ばせている。おかねさんの心痛が、悔しさが分かりませんか……」

「いえ……よう分かります」

宗兵衛は小さい声で言った。

「分かっているのなら、おかねさんにこんな思いをさせないで下さいまし。厳しいことを言いますが、若い女があなたのような歳の大店の旦那に求めているものは、おかねさんがおっしゃった通り、大方はお金だと思いますよ。大和屋の財産です。あなたさまの老いたその身体を求めている訳ではないと思いますよ。今このいっときを辛抱して抱かれていれば安気に暮らせる、そう思っているのだと思いますよ」

「お登勢……」

その言葉はあんまりじゃないかと、十四郎が苦笑して声を掛けたが、お登勢はおかまいなく言葉を続けた。

「お金じゃない。大和屋さん自身を心底慕っているというのなら、無一文でもついてくる筈ですが、その自信はおありですか」

「いや……」

宗兵衛は首を横に振った。そして寂しげな笑みを漏らした。

お登勢はそれを見て頷くと、今度はおかねの方を向いて言った。

「おかねさん、私も女ですからお腹立ちは良く分かります。でも宗兵衛さんも離縁を望んでいる訳ではないと存じますよ。これは私がこれまで関わってきた駆込み人の話から学んだことですが、男というものは、いつまでたっても男でいたいようですね。いやいや、女だって灰になるまで女だとおっしゃる方がいらっしゃいますが、現実には女は歳をとると、ご亭主と身体を交えなくても、不満に思う人は少ないようです。長らく夫婦として暮らしてきたその事実があれば、美味しいものを一緒に頂くだけで、夫婦の絆を感じていられるようです。それこそが熟年夫婦の真の幸せだと感じているのだと思います。ところがです、男の方は、どうもそれだけでは満足しないところがあって、特に五十路にかかると、後生きて何年などと考えるようになって、それならこのあたりで、もう一度若い女と花を咲かせてみたい、なんて思うらしいんです」

男と女のあからさまな話に、おかねは苦笑して聞いている。

「おい、お登勢殿、それはあんまりな言いようではないか」

黙って聞くだけだと言っていた金五が早速声を上げた。

「いいえ、近藤さまもその年頃になったら、どのように心が動いていくか……」

お登勢はふふふと笑って、

「まあその時には、千草さまに……」

　剣で一本とられるぞと面を打つ真似をしてから、また真面目な顔をおかねに向けると、

「男は総じてそういうものらしいですから、このたびのこと、跡取りのことやもろもろ、宗兵衛さんと良く話し合ってみてはいかがでしょうか。年上の方にこのような僭越な言葉を申し上げるのは失礼なこととは分かっています。でも、どうか、別れるなんて考えないで、大和屋のお店で、ここに、ごりょんさんのおかねありと、でんとして暮らしていただきたいと思います」

「かさねがさね……」

　おかねは礼を述べた。すると宗兵衛も、

「いや、今の言葉には、この宗兵衛、感服致しました。お恥ずかしい次第です。おっしゃるとおりや思います。おかねには、安心して暮らしてもらうよう説明します。いえなに、おとよという女も、三味線の師匠をするんや言うております。身過ぎ世過ぎの目処が立てば、手をひきます」

　神妙な顔で、宗兵衛はきっぱりと言った。

「おまえさん……」

おかねは、初めて宗兵衛の顔をまっすぐに見た。その視線にもう棘はなかった。長年連れ添ってきた夫を見る視線だった。

宗兵衛も表情を緩めると、おかねの顔を見て言った。

「こちらでの用事もあと少しや。おまえさんはここでそれまでお世話になるがええ。大坂に帰る日が近づいたら連絡するさかい」

「おおきに、そうさせてもらいます。実はおゆりと同じ年頃の娘さんがこの宿に泊まっていて、今たいへんな目に遭うてるんです。これも何かの縁、その娘さんのこと今少し見届けたいんだす。手助けできればしてあげとうて」

おかねは言った。

「おゆりと同じ年頃の娘だと……」

宗兵衛の表情が一瞬哀しげに見えた。

おかねは宗兵衛に、これまでのことをざっと話した。金もってもない娘が、吾一という男を捜しているのだと。

「今は手ぬぐいにあった文様が、どこの店の物なのか、うちの若い衆に調べさせているのですが……」

お登勢もそう言って、宗兵衛にその文様を紙に書いてみせた。

「はて……」

宗兵衛は手に取って見詰めていたが、

「私は大坂の者ですから、このお江戸のお店を知っていると言うても酒屋ばかりです。せやけど商談の折にでも、得意先の方たちに訊いてみましょう。この標を見たことはないかと……ひょっとして知っているかもしれませんから。これは、預かっていてもよろしいですか」

お登勢に聞いた。

お登勢が是非お願いしますと頷くと、

「ほなら、これで……」

宗兵衛は十四郎と金五に礼を述べて帰っていった。

「お登勢さん、おおきに、ありがとうございます」

おかねは深々と頭を下げた。

その顔はすっかり晴れている。足取りも軽くおかねが二階に上がって行くと、

「ふう……それにしても、お登勢殿は怖い怖い。いや、世の女房殿と言った方がよいかな」

金五が笑って十四郎と頷き合う。それを見たお登勢が、

「今のうちに千草さまに、女房孝行なさいませ」

笑って立ち上がったところに、医師柳庵の使いの者が玄関にやってきた。

玄関に出たお登勢に、

「十四郎さまにお伝え下さいませ。急ぎ診療所にお越し下さるようにと先生が申しております」

使いの者は言った。

「話ができるようになったというのは、まことか」

十四郎は使いの者と柳庵の診療所に入ると、出迎えた七之助に言った。

七之助はあれからずっと鎮目に付き添っていたのだ。

「はい、長話はまだ無理のようですが、松波さまも先ほど見えられて、まずはほっとしてお帰りになりました」

七之助は言った。

十四郎は、鎮目が臥せっている部屋に急いだ。そしてその部屋に入るやいなや、

「これは、塙殿」

白い顔を鎮目は向けてきた。

「良かった。案じましたぞ」

十四郎は、鎮目の枕元に歩んで座った。

鎮目の頬にはまだ張りがなかった。この数日間で一気に衰弱したようだ。だが、その目は同心の鋭い光を湛えていた。

「いや、お陰さまで一命をとりとめました。これも、達蔵と七之助がつきっきりで看病してくれたお陰です」

鎮目はそう言って、側に座す達蔵と七之助に目を遣った。

「いえね、旦那のお内儀はまだ幼い倅殿の世話で、なかなかここに詰めるという訳にはいかなかったものですから。あっしと七之助さんが交代で旦那に付き添いながら、出来る探索をしてきたという訳でして……」

達蔵は頭を掻いた。

「いや、私はまだ動けぬ。塙殿には七之助を寄越してくれたお礼を申し上げたくて、それで使いを頼んだのですが、かえすがえすも探索途中で不覚をとってしまったことは無念です」

鎮目は口惜しそうな目で見上げてきた。

「鎮目殿、橋屋は松波さん始め皆さんにはずいぶんとこれまで力を貸してもらっている。この度は鎮目殿にかわって、私も助太刀できたらと考えている。なんなりと言ってほしい」

十四郎の言葉に、鎮目は、

「有り難い……」

言葉を詰まらせた。

「話してくれぬか。何故おぬしが襲われたのか……」

「恩に着ます」

鎮目は礼を述べた。そして、自分が刺された経緯を話した。

それによると、神田相生町の質屋で手代をしていた長次郎という男が、事件のあとも姿を見せず行方知れずになっていたため、鎮目は、長次郎は引き込み人ではないかと、当初から疑っていた。

そこで鎮目は、町奉行所での法雲一味探索がいったん中断されたあとも、途切れることなくこつこつと探索していた。

すると、ある日のことだ。質屋の両隣の住民から、長次郎は悪所通いがバレて、主から叱られていたことがあったという話を聞き出した。

——やはりこれだ、長次郎だ。

長次郎を捜し出すことが先決だと、鎮目は両隣の住民の話を元に、あちらこちらの賭場に足を踏み入れ、長次郎の名を出して探りを入れていた。

すると、つい先頃のことだ。御船蔵近くの賭場で、若い客の一人から意外な話を聞いたのだ。

「長次郎なら昔この賭場に遊びに来ていたぜ。だがな、いつからかぷっつりここには来なくなったんだ。どこに遊びに行っているのかと思っていたら、あっしのダチ公が、奴は、深川の仲町の賭場に鞍替えしていると教えてくれたんだ」

鎮目は驚いて、賭場の詳しい所を尋ねてみた。だが、

「そこまでは知らねえな。あっしは行ったこともねえし、ダチ公もその店の前で入るか入るまいかと思案していたらしいんだ。そしたら、店の中から奴が飛び出してきたっていう訳だ。ダチ公は思わず声を掛けたが、長次郎はダチ公を、知らない人でも見るような目で見ると、返事もせずに帰っていったというんだから」

鎮目が尋ねると、

「その店の名は聞いているか？」

「『むじな』とかいう居酒屋だと聞いている。賭場はその二階で開いているらしいんだ。ダチ公は言っていたな、あれは確かに長次郎だって。世の中には良く似

た人間が三人いるらしいが、あれは他人のそら似なんかじゃねえ。着ている着物にも覚えがある。長次郎に間違いなかったとね」

若い男はそう言ったのだ。

何もこれといった手がかりのなかった鎮目は、ここにきて芋づる式に次々と耳にする長次郎の話に、飛びついた。すぐに深川に入って仲町の賭場とやらを捜し始めた。

するとその賭場はすぐに見付かった。仲町で堂々賭場を開いていたのは、そこだけだったからだ。

しかもそこは、渡世人だった甚五郎が開いている賭場で、階下はあやしげな『むじな』という居酒屋だった。あの若い男が言っていた店だったのだ。

ここだ、間違いないと、鎮目の心は浮き足だった。

なにしろ町奉行所内では、法雲一味の探索は中断していたとはいえ、ずっと懸案の一つだったのだ。

それは他の盗賊団と違って極悪非道の輩だったからだ。喫緊に解決しなければ、第二、第三の被害者が出るのは必定。

鎮目は心急くあまり、一人で仲町の賭場に偵察に入ったのだった。

思いがけず賭場はすぐに見付かった。だが、乗り込んでみると、まだ客は五、六人揃ったというところで、職人や流れ者のような懐の寂しげな者たちが、小銭を賭けて遊んでいた。

夜も更けてくると客の層も代わり、賭ける金も一両小判となると聞いていたが、宵の口は手慰みといったところか。

鎮目は、奥の方でゆったりと長火鉢を前にして座り、長い煙管で煙草をくゆらしている胴元に近づいた。

「正直に答えないと為にならぬぞ。長次郎という男はここに来ているな」

ことさらに厳しい顔をつくって鎮目は胴元に尋ねてみた。すると、

「知らねえな。聞いたこともねえ名だな。第一、小銭を賭けて遊ぶ小者の名を、いちいち覚えていられねえよ」

胴元はけんもほろろに言って笑った。

鎮目は、遊んでいた客にも尋ねてみた。捜している男は盗賊の仲間なのだと説明もしてみたが、皆首を横に振って知らないと言った。嘘をついているとも思えなかった。

――無駄足だったのか……。

鎮目は落胆して帰路についた。

既に日が落ちた盛り場の路上には、花見客や飲み客の姿が行き交っていた。消沈して注意が散漫になった鎮目に、どこに潜んでいたのか、いきなり二人の男が襲いかかってきた。

鎮目は十手は出したが、時既に遅く、肩口を刺され、足蹴(あしげ)にされ、

「人殺しだ！……役人を呼べ！」

誰かが叫んでくれなかったら、殺されていたかもしれなかった。

「塙殿……」

話し終えた鎮目は、

「こちらも油断していたとはいえ、やられっぱなしでこの通りです。恥ずかしい次第でござるよ」

薄ら笑いをしてみせた。

「いやいや、私もあの場所を見てきたが、狭い道の両脇は櫛比(しっぴ)して小さな店が軒を連ねている。背後や横手からふいに襲われれば鎮目殿でなくても不覚を取るだろう。第一、同心を襲う輩など、よほどのことがないかぎりいる訳がない。さては、賭場に長次郎はいたのかもしれぬな。賭場にまで探索の手がのびてきている

のを知り、今のうちに抹殺してしまわねばと思ったに違いない。鎮目殿、襲ってきた奴らの顔を覚えておいでか？」

十四郎は鎮目を覗き見た。だが、鎮目は首を弱々しく振って、

「奴らは手ぬぐいで頬かむりをしていたんです」

口惜しそうに言う。すると側で聞いていた七之助が、

「そのことですが……」

と十四郎に顔を向けて、

「私も鎮目の旦那の話を聞いて、念のために賭場に潜入して調べてみました。でも、やはり長次郎という名の男は、ここには来ていないと言われました」

「おかしいな……賭場を出てすぐに襲われたということは、その賭場に本人か仲間がいて、鎮目殿の話を聞いていたとしか考えられぬ」

十四郎は首を傾げる。

「おっしゃる通りだと思います。だから私も更に念を押して訊いています。あの日、鎮目の旦那が賭場を出たすぐあとに、この賭場を出て行った二人組はいなかったのかと……そしたら、いたかもしれねえが、出入りの多い時刻だし、覚えてねえ、そう言われたんです」

「よし、分かった。こうなったら、達蔵と長次郎の似面絵を作った方が探索しやすいな。襲われた質屋の隣人なら長次郎の顔を見ている筈だ」

十四郎は言った。

以前、達蔵が似面絵を描かせて持ってきたことを思い出したのだ。

「へい、そういたします。知り合いに絵の上手い奴がいるんです。以前の似面絵もその者に描いてもらったんです」

達蔵は、勢いよく立ち上がった。

七

翌日の昼頃、達蔵と七之助が橘屋の玄関に姿を現した。

「分かったのか、長次郎の人相が……」

十四郎は玄関に出て二人を迎えた。あれから待ち構えていたのだ。

「へい、ご覧になって下さいまし」

達蔵は、長次郎の似面絵を十四郎に渡した。

「ほう……なるほど、しかしこの顔は、悪人顔には見えぬな」

十四郎は、紙面に視線を落とすや呟いた。

半紙に描かれた男の顔は、どちらかといえば面長だったが、その目の色は優しげに見える。

「下駄屋の女房の話を聞きながら描いたものです。女房は長次郎のことを悪人には見えなかったと言っていましたから。で、背は高い方だったと言っていました」

七之助が説明する。

「ふむ、で、この右耳の下あたりに、うっすらと陰になっているのは？」

十四郎は紙面から顔を上げて、達蔵を見た。

「へい、それは痣だそうです。目立つような痣ではなかったようですが」

「そうか、痣か……」

十四郎はまた紙面の似面絵に視線を落とし、

「この似面絵を、鎮目さんには見せたのか？」

十四郎はまた達蔵に顔を向けた。

「いの一番に……そしたらなんと、鎮目の旦那が、この顔に覚えがある。そう言い出したんでさ」

「何だと……まさか探索に入った賭場で？」

十四郎は訊く。

「へい、さようで……鎮目の旦那の話では、仲町の賭場に入った時、遊んでいた客のうちの一人に、薄い痣を見たんだと……」

達蔵は言った。

「すると、襲ってきた輩にも、痣はあったんじゃないのか？」

「それがですね、十四郎さまもお聞きになった通り、頬かむりをしていたとのことですから」

「そうか……いや、これで分かったな。長次郎は鎮目殿が賭場に行った時、その場にいたんだ」

十四郎は確信した。そうでなければ、賭場を出た鎮目を襲うことはない。

達蔵は怒りも露わに問いかける。

「鎮目の旦那が探索に行った時、胴元は、そんな名の男は知らねえと言ったらしいですが、シラを切ったんでしょうか？」

「それもあるが、長次郎は名を変えて遊んでいたのかもしれぬぞ」

十四郎は言った。

「名を変えて……」

達蔵は意外な顔で十四郎を見た。

「そうだ、それなら胴元は知らぬ筈だ。しかも襲ってきた者が二人だということは、賭場には長次郎の他に仲間もいたということだ」

十四郎の言葉に二人は頷き、

「そうだ、肝心なことを忘れていました。長次郎の年齢ですが、二十五ぐらいだったと女将は言っていました」

七之助が言う。すると達蔵も、

「長次郎が質屋で奉公を始めたのは、店が襲われる六月ほど前だったということです」

「六月前か……この似面絵を見る限り、長次郎という男は一見実直そうにも見える。襲われた質屋の夫婦も長次郎の顔を見て信用したに違いない。ところが、とんだ食わせ者だったって訳だ。まっ、そこまで分かれば探索しやすくなったな。長次郎は他の賭場にも出入りしているかもしれぬ。松波さんも調べているだろうが、こちらはこの似面絵を見せて長次郎を捜し出すのだ。またそれと並行して、一味の宿を突き止めること……一味の宿を探し出した時、この長次郎が出入りしていると分かれば、長次郎が一味の手引きをしていたことは、はっきりする」

「では早速……」

探索に出かけようと立ち上がった七之助の腹が鳴った。

「七之助、食事をしてから出かけなさい。達蔵さんも、ご一緒にどうぞ。いつ帰ってきてもいいように、おたかさんがちゃんと食事の用意をしてくれてますよ」

お登勢が出てきて言った。

「こりゃあどうも。実は朝から何も食べてねえんで……」

達蔵は笑って頭を掻いた。

七之助と達蔵を、台所の方に押しやってから、十四郎とお登勢は、達蔵が持ってきた長次郎の似面絵を広げて見た。

そこへふらりと、二階からおなつが下りてきた。

「あら、もう大丈夫？」

お登勢は案じ顔で訊いた。

おなつは、吾一が見付からぬ焦りと落胆が重なったのか、熱を出して寝込んでいた。

だから今日は、おなつに代わって鶴吉と万吉が吾一捜しに出かけている。

「お薬が効いたようです。もう大丈夫です。ご心配をお掛けしました。これから出かけて来ます」

十四郎とお登勢の前に座って手をついた。だが、そのおなつが、

「あっ」

突然、声を発した。

お登勢は、怪訝な顔でおなつを見た。おなつは、広げた似面絵を食い入るように見詰めている。

「この人に覚えがあるのですか？」

お登勢は、訊いた。

「はい、この顔、吾一さんにそっくりなんです」

おなつは困惑の顔だ。

「この者は、長次郎という者だぞ」

十四郎は問い質す。

「いえ、吾一さんです。これは痣ですよね。吾一さんもここに痣があるんです」

おなつは興奮して告げた後、

「この人、どこにいるんですか……教えて下さい！」

お登勢の袖に縋った。

「待て待て、この男は町奉行所が探索中の盗人の一人だ。この顔が吾一なら、吾一は盗人仲間の一員だということになるのだぞ」

「盗人の仲間……」

十四郎の言葉に、おなつは驚いた顔で呟いた。そんな馬鹿な、まさかという信じられない顔で十四郎を見る。

十四郎とお登勢は、顔を見合わせた。二人の胸は、嫌な予感に覆われている。

その予感は、おなつが吾一から大金を送ってもらったと打ち明けてくれた時から、胸の中に燻っていたものだ。

「吾一さんはそんな人ではありません。盗賊仲間だなんて……」

おなつは抗うように言ったが、その顔は凍りついている。

「おなつ、お前さんの言うことも分かる。この世の中には、顔の似た人間が三人はいるという。吾一がそんな輩の仲間である筈がない、そう思うのなら信じることだ」

十四郎は慰めた。確定した話ではない。同一人物かもしれないし、別人かもしれないのだ。

確たる証拠もなく決めつければ、おなつの混乱は火を見るより明らかだ。

おなつは唇を引き締めて小さく頷いた。だがその目はずっと、似面絵に釘付けだ。

するとそこに、大和屋宗兵衛の使いの者だという男が玄関に入ってきた。

「大和屋の手代で橋之助と申します。主から言付かったことがございまして、お知らせに参りました」

「はて……どのような言付けかな」

ひょっとして、おかねのことかと十四郎は思ったが、

「手ぬぐいの端にあった標のことでございます」

橋之助は言った。

そして懐からあの半紙を出して十四郎の前に置いた。お登勢が描いた例の標のある半紙だ。

「この標のお店ですが、小舟町二丁目にある呉服太物商の『遠州屋』さんのものだそうです」

橋之助は言って十四郎の顔を見た。

「遠州屋ですか？」

お登勢が聞き返す。すると、

「はい、旦那さまがお得意さまから教えていただいたようです。この三つの輪は、あやめの花弁を表しているのだそうです。遠州屋の旦那さんがあやめの愛好家だそうでございまして、店の標をそのようにしたのだということです」

橋之助はよどみなく言った。

「早々に判明できて有り難いことです。宗兵衛さんにはお礼を申していたと伝えて下さいませ」

お登勢が礼を述べたその時、玄関の声を聞きつけたのか、おかねが下りてきた。

「橋之助か、ごくろうはんやな」

「これはごりょんさん、お元気そうでなによりです」

橋之助は戸惑いの笑みを見せた。手代の身分では、主夫婦の離縁騒ぎは困惑するるばかりだろう。

「あんさんに訊きたいことがおますのや。私の部屋でお茶でも飲んでいかへんか？」

おかねが手招きするが、

「すんまへん。旦那さまがお待ちですので……」

「深川かえ」

きらっとおかねは橋之助を睨んだ。

「いえ、南新堀の相模屋さんだす。約束の刻限が迫っておりまして、私もお供せなあきません。大坂に帰る日も近づいていますので、旦那さまもお忙しそうで……ごりょんさん、全て片付いたらお迎えに上がりますよって」

橋之助は笑顔を見せて頭を下げた。

「さよか。ほな、おかえり」

おかねは、橋之助を手で促すと、くるりと背を向けて二階に上がっていった。

「それでは私はこれで……」

橋之助は十四郎とお登勢に頭を下げて帰っていった。

立ち上がったお登勢は、

「あら、おなつさんは……」

おなつがいつの間にか居なくなっているのに気がついた。

「お登勢さま、おなつさんなら先ほど出かけましたよ」

片付ける膳を忙しそうに運んでいた仲居が、足を止めて言った。

「まさか……」

お登勢は、十四郎と顔を見合わせた。

おなつはその頃、急ぎ足で小舟町に向かっていた。

あの標の手ぬぐいは、小舟町の遠州屋という店の物らしい。その手ぬぐいにお金を包んで、吾一はおなつに送ってくれたのだ。

――遠州屋に行けば、何か分かるかもしれない……。

おなつは気持ちに余裕がなかった。黙って出て来たのは、話せばお登勢と十四郎に止められるだろうと思ったからだ。

おなつは、仙台堀（せんだいぼり）に沿って大川まで出たところで、そこから南に下って永代橋に出る。

春の風を受けながら前を見据えて橋を渡るおなつの前方から、若い男女が談笑しながら歩いてきた。男は吾一の年頃でどこかのお店者（たなもの）のようだった。そして女は、おなつの年頃で着ている物をみる限り、どこにでもいる御府内の町娘だ。

娘は格別美人でもない。その娘が時折男に甘えた視線を送るのを見て、

――羨ましいこと……。

私だって、貧しい小百姓の娘でなかったら、女郎宿に売られることもなかった

し、吾一さんとああいう時間を得ることが出来た筈なのにと思う。

見るとはなしに見ていると、二人は楽しそうに話しながら、おなつの横を過ぎて行った。

だがその時に、娘の方がおなつの身なりを見てか、哀れむような視線をちらと投げてきた。

おなつはその視線を撥ね返した。私だって、私だってと、この世の理不尽を踏みつけるように足を運んで永代橋を渡りきった。

更にぐんぐん足を速めて小舟町に入ると、やがて二丁目の角に一際目立つ暖簾を見つけた。

日よけ暖簾と呼ばれている物だった。軒下から地面につく程に張った大きくて丈夫な一枚暖簾である。

それが中央の入り口を開けて左右に二枚ずつ張られている。

大伝馬町や日本橋筋にある大きな呉服問屋と同じく、濃い紺色に染めた暖簾に、中央に遠州屋という強い白抜きの文字がある。

そして、その文字の下に、あの輪が三つ重なった標もあった。

――あった、ここだ……。

おなつは立ち止まると、きっと店の暖簾を見た。

流石に臆した。身に着けている着物と帯は、洗いざらしの使い古した物だ。店の中に入れば物乞いかと思われて追い出されるかもしれない。

なにしろ店を覗くと、何人もの手代がお客の相手をしているが、そのお客たちの身なりは、おなつが着たこともない美しい装いだ。

勢いに身を任せて、ここまで足を運んできたが、突然その勢いがしぼんでしまった。

店の前を行ったり来たりしていると、店の中から手代が出て来て、おなつに声を掛けてきた。

「さきほどから店の前にいるようですが、何かお求めですか？」

怪しい者でも見る顔だ。

「いえ、反物を頂きに来たのではありません。人捜しで参りました」

おなつは言った。

「人捜し……なんという人ですか？」

「はい、吾一という人です。幼なじみなんです。こちらのお店にいるのではありませんか」

期待を胸に尋ねるが、

「吾一……居ませんよ、そんな人は」

手代は迷惑そうな顔で言った。そしてすぐに店に戻ろうと背を向けた。

「待って下さい」

おなつは呼び止めた。手代は面倒くさそうな顔で振り返る。

「これを見て下さい。この手ぬぐいは、こちらの物ではありませんか？」

おなつは、袂から例の手ぬぐいを出して見せた。

「ああ、これね。うちでお客様にお配りした物です」

手代は言って、また店に戻ろうとしたが、おなつは手ぬぐいを突き出して、

「吾一さんは、この手ぬぐいで包んだものを、私に送ってくれたんです。心当たりはありませんか」

必死の表情だ。だが手代は苦笑すると、

「しつこい人だね。吾一なんて名は聞いたこともありませんし、心当たりもありません。どうぞ他のところを捜して下さい。この店の前でうろうろされては迷惑なんです」

にべもない言葉を返してきた。

「あの、吾一さんには耳の下あたりに痣があるんです！」

おなつは叫ぶように訴えたが、手代はもう言葉も返さないで店の中に入っていった。

「…………」

おなつはがっくりと肩を落とした。激しい緊張と期待がしぼんで、涙がこみ上げてくる。

橘屋で今目の前にある店の名を聞いた時、これで吾一の居場所が分かるかと心を弾ませたが、あの手ぬぐいはお客に配ったものだと聞き、再び暗雲の中に立たされたような気持ちになった。

涙を袖で押さえながら暖簾を後にしたおなつは、

「おなつ……」

呼び止められて顔を上げた。十四郎が近づいてきた。

「十四郎さま……」

おなつの目には、どっと涙が溢れ出てきた。

「まだ諦めるのは早いぞ。せっかく皆のお陰でここまでたどりついたのだ。元気を出せ」

おなつの肩に手を置いて十四郎は慰める。

その視線の先には、固い鉄の扉のように見える日よけ暖簾が、春の日を浴びている。

「さあ、帰ろう……」

十四郎がおなつを促したその時、

──長次郎だ……。

十四郎は思わず声を出しそうになった。

あの似面絵にそっくりな手代が、小僧を供にして帰ってきたのだ。だが、十四郎が駆け寄る隙もなく店の中に入っていった。

「旦那さま……」

万吉と鶴吉が走ってきて言った。

「橋屋に帰りましたら、番頭さんからこちらに行くように言われまして」

万吉が言った。二人は吾一を捜していたのだが、手がかりもなく宿に戻ったところ、長次郎の似面絵を見たおなつが、宿を飛び出したのだと聞かされた。おそらく、小舟町の太物商遠州屋に向かった筈だ。お前たちも急ぎ向かってくれと藤七に命じられたのだという。

「良いところに来てくれた。あの似面絵によく似た手代がこの店にいることが分かったのだ。たった今、外から店に戻ってきた男がそうだ」

十四郎は、悠然と広げている暖簾を顎で指して、二人に言った。

「ここで見張って確かめてくれ。ただし、本人に直接質すのは待て。長次郎なら必ず仲間のところに行く筈だ」

八

一方、七之助と達蔵は、あれから小名木川沿いの町を探索していた。

——盗人宿は、船体に福の字が焼き印された船が乗り捨てられていた小名木川筋にある筈だ……。

傷を負った鎮目の考えを元に、船が乗り捨てられていた海辺大工町を虱潰しに当たってみたが、盗賊一味が宿にしている家はまだ見付からない。

二人は口には出さないが、疲労感を身体の芯から感じていた。

「七之助さん、すまねえな。探索に引っ張り出しちまってよ」

達蔵は海辺大工町の土手で店を出している甘酒屋で甘酒を二人分買うと、七之助にその一つを手渡した。

「とんでもねえ。親父がさんざん世話になった旦那が命を狙われたんだ。親父も生きていれば達蔵さんと一緒に探索していた筈だ。だから親父に代わって旦那の役に立ちたいんだ。十四郎さまもお登勢さまも承知の上のことだから、遠慮なく使ってくんな」

七之助は土手に座って、甘酒を飲んだ。

――うまい……。

と七之助は思った。溜まっていた疲労が少し解けて楽になっていくように感じた。

なにしろこの数日は足を棒にして探索してきている。それでもこの探索から手を引く気にはならなかった。

「火付盗賊改（ひつけとうぞくあらため）だって探索している筈だ。だが、いまだあちらも一味の一人も摑めていない。今度ばかりは町奉行所の威信にかけても法雲一味を捕縛する。鎮目の旦那はそう言ってきたんだからな」

達蔵も土手に座って甘酒を飲みながら言った。

二人が視線を向けている小名木川は、徳川家康（とくがわいえやす）がこの江戸に入った後に、行（ぎょう）

徳の塩を運んでくる道として掘削した川だ。川幅は二十間（約三六メートル）あまり、今の季節はまだ川の両岸の土手は草の緑に覆われてはいない。だが、枯草の下から新しい芽が吹き出ていた。川には塩の荷を積んだ大きな船はもちろんのこと、人を乗せた船も行き来して賑やかだ。

二人はそれらを眺めながら無心になって甘酒を飲み干した。

「しかし、どうだろうか。この小名木川筋に盗人宿があるのだろうか……」

達蔵がぽつんと言った。

「明日からは別の場所も調べてみるか」

七之助も呟く。

深川には数え切れないほどの掘割が出来ている。大きな川や掘割から少し奥に入ったところまで探索の手を伸ばしたほうが良いのではと思ったのだ。

「よし、行こう！」

達蔵が勢いよく立ち上がったその時、

「達蔵の親分さん」

永堀町の番屋の小者が駆けよってきた。

二人はこの小名木川近辺を探索するに至った事情を、主な番屋に話しておいたのだ。

そして、何か参考になる事象を見聞きした場合は、知らせてほしいと頼んでいた。

「捜しましたよ、一刻も早く知らせようと思いましてね」

小者は息を切らしている。

「すまねえすまねえ。で、その知らせとは？」

達蔵は訊いた。

「へい、実は伊勢崎町の船屋の茶船が昨日盗まれたようでして……」

「何だって、船屋の主の名は？」

「源兵衛という者らしいです」

「よし、ありがとよ」

達蔵は七之助と顔を見合わせた。頷き合った二人の顔は高揚している。

すぐに伊勢崎町に向かった。

「船が盗まれたことが分かりまして、達蔵さんは鎮目の旦那に報告するのだと診療所に戻りました。それで私も帰ってきたという訳です」

夕刻になって橘屋に戻ってきた七之助は、十四郎とお登勢の前に座るとそう告げた。

このところ鎮目の容体は安定していて、七之助はこちらに帰ってくるようになっていた。ただ、早朝から達蔵と示し合わせて探索はこれまで通り続けていた。

「よく動いているようだな。それでなければ肝心要(かなめ)を掴むことは出来ぬ」

十四郎は、ひときわ頰が引き締まって見える七之助の顔を見た。

「へい。十手に命を賭けた親父の死を思い出しまして、是が非でもという気持ちで、盗人を必ず捕縛できると信じて達蔵さんと走り回っております。ですがこれも、鎮目の旦那の手助けができるよう、旦那さまと女将さまが許して下さったお陰です」

七之助は頭を下げた。七之助の言葉は腹の底から出た言葉だ。

「こちらも町方の皆様にはずいぶんとお世話になってきたんです。もちつもたれつですよ。それに、こういった難しい探索を経験すると、自身の研鑽(けんさん)にもなるでしょう。旦那さまも乗りかかった船だとおっしゃって、力になりたいとお考えです」

お登勢は微笑んだ。日に日に逞しくなっていく七之助や鶴吉、それに万吉の三人への期待は膨らむばかりだ。

「女将さま……」

七之助は改めてお登勢と十四郎の言葉を嚙みしめた。その耳朶に橘屋の台所の音がかすかに聞こえてくる。

暮れの六ツ時（午後六時）は、橘屋は一番忙しい時間である。食器の擦れる音とともに仲居が立ち働く声なども、この居間には飛びこんでくる。その光景はまた、橘屋の繁盛を表しているものでもあった。

「遅くなりました」

藤七が入ってきて座った。七之助はそれを潮に、

「本日分かった茶船の盗難の話ですが……」

伊勢崎町の船屋に出向いて聞き出したことを話し始めた。

「船宿の主は源兵衛という男ですが、その者の話によれば、盗まれた船は茶船で、気がついたのは今朝だったというのです」

「ふむ、では何時盗まれたのか分からぬということか？」

十四郎が訊く。

「いえ、昨日の夜から明け方にかけての仕業だろうということです。源兵衛は茶船二艘、猪牙を三艘、持っています。近隣の料理屋や商店の要望に応じて船を貸し出しているのですが、毎日早朝には船の手配のために確認しているようなんです。盗まれた茶船は、昨日の夕方にはあったというのですから」

それで七之助は、源兵衛に盗まれた茶船に特徴があるのかと訊いてみた。

茶船と言っても、この御府内で使用されている和船の大きさは様々だ。大きな荷を運ぶ船や、人を運ぶ船、また隅田川で船遊びなどをする屋形船に近づいて物を売る船なども、総じて茶船と呼んでいる。用途に合わせた船の種類は多いのだ。

すると源兵衛は、こう言ったのだ。

「まだ新しい船で、上棚を群青色に染めていやす。そして『船屋源』という白い文字を群青色の上にのせてあるんです。これが結構目立つから盗難には遭わないだろうと思っていたんだが、あっさり盗まれちまって……」

源兵衛は五十はとっくの昔に過ぎた男だ。日焼けした顔を更に赤くして、口惜しそうに七之助たちに訴えたのだ。

「そんなに良く目立つ船なら、見付かりそうなものだが、探してみたのか？」

藤七が言って首を傾げた。

「私もそう思いましたが、源兵衛の話では、今日一日深川の堀端をかたっぱしから探してみたが、見つけることはできなかったとのこと。馴染みの船頭たちにも訊いてみたものの、今のところ誰も源兵衛の茶船を見た者はいないと……」

「例の盗賊の仕業なら、押し込み決行の日まで見付からないように隠しているのでしょうね」

お登勢が言う。七之助は頷いて、

「源兵衛は口惜しそうでした。五十半ばの歳を迎えた時、今まで貯めてきた金で、みんながびっくりするような船を作ろうと考えていたようです。そこで、船大工に注文をあれこれつけて、ことのほか頑丈に作ったものだったそうです。これからしっかり稼いでもらおうと思っていた矢先に盗まれて。盗んだ奴は許せねえ、見つけたらただじゃおかねえ、こちとら全財産をつぎ込んだんだと、大変な剣幕でした」

七之助は盗難に遭った茶船について話し終えると、その後達蔵と深川界隈の堀縁を日が傾くまで探索していたのだと報告した。

「その日が近いとみて良いですね」

お登勢が十四郎に言った。

「そうだな、以前押し込みに入ったのも、船を盗んでから間もなくだったと聞いている。七之助、その茶船は、人なら何人運べるのだ？」

十四郎は七之助を見た。

「十人は運べると言っていました」

十四郎が頷くと、

「十人か……賊の一味は多くて十人ほどということですな。どこを襲うつもりなのか、それをつきとめなければ」

藤七は思案の顔を十四郎に向け、

「旦那さま、旦那さまがおっしゃっていた小舟町の呉服問屋遠州屋の手代が鍵を握っているとみて良いのではありませんか」

「そのことだが、鶴吉と万吉に、手代の名を確かめるように言ってきた。それがはっきりすれば、次の手が打てる」

十四郎がそう言った時、

「ただいま戻りました」

鶴吉と万吉が息を切らして部屋に入ってきた。

「分かったのだな……」

十四郎の問いかけに、二人は顔を紅潮させて頷いた。

「遠州屋の女中が使いに出てきたのを摑まえて、まず吾一のことを確かめてみました。おたまという女で遠州屋の娘のお供をしたり、掃除洗濯を担当しているらしいのですが、通いで勤めていて、それで話を聞くことが出来たんです。おたまの話だと、やはり吾一という者はいないとのことでした。それではこの人はいないのかと……旦那さまがおっしゃったあの似面絵を見せたんです。そしたら、あ、この人は長次郎さんだって言ったんです。手代の長次郎だと……」

鶴吉が報告する。すると万吉が、

「長次郎という男は、あの店に入って半年ぐらいだと言っていました」

「そうか……」

と十四郎は、得たりという顔で頷いた。

以前襲われた質屋も長次郎が手代として入って半年程で法雲一味に押し入られている。

「しかし万吉、質屋で奉公していた長次郎と遠州屋の長次郎が同一人物と決めつけていいのか……遠州屋は大店の呉服屋だ。以前質屋で働いていた長次郎が呉服屋に手代として雇ってもらえるとは腑に落ちん。何も呉服の知識がない男が何をもって気に入られたのだ……算盤に長けているとか、そういうことか？」

藤七が言って万吉を見た。

万吉は一瞬困った顔をしたが、

「私が思うに、あの長次郎が吾一という人だったらと考えました。似面絵を見たおなつさんが、この顔は吾一の顔だと言っています。吾一は長次郎という偽名を使って奉公しているのだと思います。吾一は国元の呉服屋で奉公していたと聞いていますから、遠州屋もその腕を見込んで店に入れたのではないでしょうか」

冷静に答えた万吉に、藤七は頷いたのち、嬉しそうな顔で十四郎を見た。

藤七は今、自分の後継として万吉になにかと教えてきている。鶴吉と一緒に、そつなく調べて述べる姿勢に満足しているのだった。

「万吉、鶴吉、今の話をも少し詳しく話してくれ」

七之助が鶴吉たちに尋ねる。七之助は達蔵と行動をともにしてきたが、鶴吉と万吉とは別の調べに携わっていたために、万吉が話す内容がいまいち分からなかったのだ。

「丁度良かった。皆揃ったところで話しておこう」

十四郎はそう言って、若い手代たちを見渡した。

そして、七之助には、今日遠州屋の前であった出来事を、鶴吉と万吉には、七之助が茶船を盗まれたことを知り、探索を始めたことを話してやった。

そして、

「いよいよだ。法雲一味が押し込みに入る日も近い。鍵を握っているのは長次郎という男だ。長次郎は吾一なのか、また、引き込みなのか。その疑問を明らかにするためにも、長次郎がどう動いていくのか見定めよう。それを見届ければ奴らの住処も押さえられるし、押し込みの日も知ることができる。それぞれがやるべきことをきっちりとやる。大事なことを見逃すことのないように頼みたい」

十四郎は、皆の顔を見回した。

九

七之助と達蔵が盗まれた茶船を探索する一方、鶴吉と万吉は遠州屋の前の物陰に張り付いて、似面絵にある長次郎が出て来るのをじっと待った。張り込んでから三日経っている。

だんだん焦れてきた二人が、この日女中のおたまが外に出てきたのを掴まえて、長次郎は店にいるのか訊いてみた。すると、おたまは嫌な顔をして、

「どうして長次郎さんのことを聞き回っているんです……あの人が何かしましたか？」

あの人は誰かに恨まれるようなことをする人ではありませんよと、鶴吉と万吉に不審な者でも見るような視線を投げてきた。

「いや、気を悪くしたのなら謝ります。俺たちは橘屋という縁切り寺の御用宿の者なんだが、あるお店のお内儀が長次郎さんにぞっこんで、亭主と離縁したいなんて駆け込んできたんです。それで少し調べてみたいと思いましてね、いったいどんな人なんだろうって」

万吉は、よどみなく言って苦笑してみせた。

「なあんだ、そんなことだったの。きっとお客様の誰かでしょうね、そんなことを言うのは……お客さんには評判いいですからね、長次郎さんは……だから売り上げも良いんです。第一、長次郎さんて人は、女の人には興味がないようなんですよ。これも手代さんたちの話ですけど、だからその女の人は、勝手に長次郎さんに熱を上げているんじゃないかしら」

「なるほどね、それで合点がいったよ。しかし、長次郎さんは店に入ってまだ半年だというのに、呉服を売る腕はたいしたもんだな」

　鶴吉も感心してみせる。

「だって長次郎さんは国元の下総で呉服屋さんに奉公していたっていうんだから、お客様のあしらいがうまい筈ですよね」

「下総の呉服屋で奉公を……」

　鶴吉は納得顔でそう返したが、内心は驚いていた。吾一の故郷は下総だ。しかも呉服屋に奉公していた。

「そうか、よおく分かりました。たいしたもんだ。お店に何人いるかしらないが……」

　万吉が納得顔で頷くと、

「手代さんは十人もいるのよ。その十人のうちでも稼ぎ頭なんだから……」

「へえ、ついでに訊くけど、お店にはおたまちゃんを入れて何人いるんだい？」

　万吉が親しそうな口調で訊いた。

「そうね、小僧が二人、台所の為さん、私と……全部で二十一人かしら」

　おたまは指で数えると、

「これで分かったでしょ。お店の前でうろうろしているのが見付かったら、旦那さまに叱られますからね」

そう言って帰っていった。

「驚いたな、旦那さまがおっしゃっていたように、長次郎は吾一に違いない」

鶴吉は暗い顔で万吉と顔を見合わせた。俄に緊張が胸を走る。

「おい、出てきたぞ」

おたまが帰ってから半刻(一時間)後、長次郎が表に出てきた。腕に風呂敷包みを抱えているが、供は連れてはいなかった。

鶴吉と万吉は、長次郎の後を尾け始めた。

長次郎は小舟町を南にとって思案橋を渡ると、小網町を更に南下し、崩橋を渡ると北新堀町へ、そして永代橋を渡り始めた。

「深川に行くんだな……」

背後を追いながら鶴吉が言う。

「これはひょっとして、ひょっとするかもしれんな」

万吉は、長次郎が仲間の住処に向かっているのではないかと言ったのだ。

「船はとっくに手に入れているんだ。何時押し込みをするのか、長次郎の動きで決まる」

二人は前を見据えながら言った。

長次郎は永代橋を渡ると、大川縁を北に向かい、佐賀町に入って下之橋を渡ると右に折れ、元木橋を渡り材木町に入り、たくさんの丸太を浮かべている木場に入っていった。

木場には人の影がなかった。丸太を浮かべた堀のむこうに小屋が見える。

長次郎は、その小屋に向かって歩いていく。

「隠れ家だ……」

呟く万吉の心臓は、大きく脈を打ち始めた。

二人が木場の中に入ろうとしたその時、いきなり帯の後ろを摑まえられて座らされた。

「何するんだ……」

恐怖のあまり声を出した鶴吉に、

「しっ、気付かれるじゃないか！」

押し殺した声で七之助が言った。

「なんだ、七之助じゃないか」

鶴吉は言って、自分の掌で自分の口を塞いだ。

そこには七之助と達蔵が、息を殺して見張っていたのだ。

「今むこうに行った男が、長次郎なんだな」

達蔵が訊いた。

「そうだ、遠州屋から尾けてきたんだ」

鶴吉が答えた。

「これで分かった。いいか、盗まれた船はあの木場の中に隠してあるんだ」

達蔵が言う。

「本当か」

鶴吉は驚いて、万吉と顔を見合わせた。

達蔵と七之助が船を見つけたのは七ツ時（午後四時）、奥の小屋に人のいるのが分かって動くことも出来ず、見張っていたのだと説明した。

「何時実行にうつすか……その話をしているのかもしれんな」

七之助が言ったその時、つるつる頭に黒羽織、鼠色の着物を着た医者か茶人のような男がやって来た。

四人は息を殺して物陰に身を隠す。鋭い目をした男だった。

つるつる頭の男は、奥の小屋に向かって歩き、中に入った。

「法雲にちがいねえ……」

達蔵が、震える声で言った。


その頃、橘屋の二階では、おなつの部屋をおかねが訪ねていた。

おなつは、小舟町の遠州屋から帰ってきてから、呆（ほう）けたようになって部屋に籠（こ）もっていた。

食事も進まないらしく、膳の物もほとんど残していた。

心配した仲居たちが部屋を覗くと、外を眺めて泣いていることもあり、皆、病（やまい）になるのではと案じていた。

おかねもそれを案じて、おなつの部屋を訪ねたのだ。

「おなつさん……」

やはりこの日も、おなつは窓辺に腰を掛けて、暮れていく夕日をぼんやりと眺めていた。

「おなつさん、どうしました……お登勢さまはじめ皆さん、心配したはりますよ」

おかねは部屋に入ると、おなつの側に腰を下ろした。

おなつは返事もせずに外を眺めている。

おかねは部屋を見渡した。部屋の隅に商売道具の小間物の箱が置いてあって、その上に掛けてあるのが、あの標のついた手ぬぐいだった。

おかねは立ち上がって、その手ぬぐいをとって来ると、

「このことで悩んではるのやね、お気の毒に……」

おなつの横顔を見た。

するとおなつが、おかねの側に腰を下ろして、

「おかねさん、私、吾一さんを捜すの、怖くなったんです。ひょっとして悪い人たちの仲間じゃないだろうかって思って……考えてみたら、田舎者の吾一さんが江戸に出てきて、一年ほどであれほどの大金を工面できるとは思えないもの……」

「おなつさん……」

おかねは痛々しい目でおなつを見た。

「だから私には住んでいるところも、働いているところも、何をしているのかも教えてくれなかったのだと思います。こちらの旦那さまは、あの遠州屋に長次郎

という男が確かにいるのだとおっしゃっていました。長次郎という人の顔と吾一さんの顔はうり二つです。あれは吾一さんです。ということは、吾一さんは強盗の仲間ということになるでしょう……吾一さんには会いたいけど、そんな吾一さんの姿は見たくない。私、いったい、どうしたら良いのかと……もう田舎に帰った方が良いのかもしれないと……」

おなつは涙を流す。

「おなつさん……」

おかねは、おなつの肩に手を回して、

「苦労して、辛い目に遭って……こうしてようやくここまできたのに、こんなに哀しい思いをしているなんて可哀想に……」

「おかねさん……」

おなつはおかねの胸に顔を埋めて泣いた。

おかねはしばらく、おなつの背中を撫でていたが、おなつの気持ちが落ち着くのを待って、

「私にはおなつさんと同じ年頃の娘がおりましたんや。でも、幼い時に流行病で亡くなってしもて……、だからおなつさんを見ていると娘を見ているような気が

して、きっと幸せになってほしい、そう思てました。ひとつ訊きたいんやけど、おなつさんは吾一さんのこと、今でも好きなんと違いますか……それとも、悪い人たちの仲間や分かったら嫌いになりますのんか？」

おなつの顔を覗いた。おなつは首を横に振ると、

「好きです。誰よりも好きです。だから吾一さんがお役人に捕まったりするところを見たくありません。吾一さんだって、そんな姿を私に見てほしくないでしょうから」

おなつは顔を上げて、はっきりと言った。

「そうですか。そんなら言わしてもらいます。ほんまに好きやったら、吾一さんが背負った荷物、一緒に背負ってやろうって、何故思わへんのだす？」

おかねの声は、きっぱりとして、母親が娘を叱るような声だった。

「おかねさん……」

「それでこそ、おなつさんや。よろしおすか、吾一さんは、危ない道を選んでまで、おなつさんを身請けしてやろうと思ったんでしょう……長次郎という人が吾一さんだとしての話ですよ……確かにおなつさんに会うのは苦しい、知られたくないて思てるかもしれまへんけど、お金ほしさに足を踏み入れた道を後悔してい

るに違いおまへん」

「どうしたら良いのでしょうか？」

おなつは必死の顔だ。

「自分から進んで御奉行所に出頭してお裁きを受ける、それしか道はありまへん。だからおなつさんは、どんなお咎め（とが）を受けようとも、ずっと待っていますて……そう、心底訴えれば、その気になってくれるかもしれまへん」

「でも……」

おなつは言いよどみ、

「でも、重いお仕置きを受けるのだったら……自訴しても死罪とか遠島（えんとう）になるのだったら……」

恐れるおなつに、おかねもどう言葉を返せば良いのか困った。

だがその時だった。

「入りますよ」

お登勢が入ってきた。

万吉もお登勢に続いて入ってきて、その手には巻紙と筆一式を持っている。

「おなつさん、吾一さん宛てに文（ふみ）を書いて下さいませんか……」

お登勢は言った。

万吉がおなつの前に紙一式を置く。

「見付かったんですか、吾一さんは？」

おかねが訊く。万吉は頷いて、

「遠州屋で長次郎と名乗っている人が吾一さんだと、これまでの調べで見当がついています。ですから協力してほしいのです」

おなつの目を見詰めた。

「おなつさん、これは橘屋としてお願いしているのです。表の宛名は長次郎宛で良いのですが、文そのものの文面は吾一さんに向けて書いて下さい。会ってほしい、会ってくれたら江戸を発つと……これが最後だと……」

お登勢は強い口調でおなつを促す。

おかねは、おろおろした顔でおなつを見た。するとおなつは、

「何故、そのようなことを私に？」

納得のいかない顔で聞き返した。

「救いたいからです。長次郎さんも遠州屋の皆さんも……盗人一味は、ここ二、三日のうちに遠州屋を襲うつもりだとみています。もう一度言いますが、このこ

とを頼む訳は、これ以上長次郎さんに罪を負わせたくないというのがひとつ。そしてもうひとつは、その悪計を成功させては、また多くの人が殺される。なんとしても遠州屋の人たちの命を救うためです。長次郎さんさえ考え直してくれれば、盗人一味を一網打尽に出来るのです」

「一網打尽、ですか……」

おなつの顔は不安に染まる。

だがお登勢は、厳しい口調で言った。

「おなつさん、吾一さんを救いたい、そう思うのなら、筆をとって下さい。吾一さんをおなつさんの愛情で、こちらに引き戻してほしいんです。橋屋はそのためには最善を尽くします。今、引き戻さなかったら、吾一さんは哀しい結末を迎えるに違いありません」

おなつは少し考えていたが、小さく頷くと筆をとった。

十

おなつが書いた文を、遠州屋に届けたのは藤七だった。

この日は風が強く、藤七が遠州屋の表に立った時、あの大きな暖簾が、パタパタと音を立てて震えていた。

折良く小僧が表に出て来て、地面に暖簾を留めている紐（ひも）の具合を点検し始めた。

藤七は、その小僧に近づいて、

「すまないが、長次郎さんを呼んでくれないか」

藤七は小僧の手に銭を包んだ懐紙を手渡した。小僧は握らされたその懐紙の包みをじっと見ていたが、顔を上げると、

「これはお返しします。お待ち下さい、すぐに呼んで参ります」

行儀の良い応対で、店の中に走っていった。

まもなく小僧は、あの似面絵にあった男を連れ出して来てくれた。

「長次郎さんですな」

藤七は名を確かめるのと同時に、長次郎の頰を見た。

——間違いない……。

長次郎の頰の、うっすらと刷毛（はけ）で掃いたような薄い痣を確認すると、

「私は縁切り寺の御用宿の番頭で藤七という者だが、文を預かってきましたので……」

長次郎の手に渡した。文は手渡し出来なかった時のために、半紙で包んでいるが、宛名は記してある。

怪訝な顔で長次郎は受け取って宛名を見た。

「急いで読んでもらいたいとのことです。では……」

藤七はそれで踵を返した。

角まで後ろも見ずに早足で藤七は歩いたが、角を曲がると足を止め、そっと物陰から長次郎の様子を窺った。

長次郎は暖簾の陰に隠れるように入りこむと、急いで上包みを取り、文を読み始めた。

藤七は、それを確認してから帰路についた。

一方、長次郎は、文の冒頭の、

——吾一さん……。

との書き出しに、顔を青くした。

辺りを見渡して、誰もいないのを確かめてから、険しい顔で続きを読み始めた。

文には、おなつが江戸に出てきて、ずっと吾一を捜していることがしたためられていた。ところがどこを捜しても見付からず、途方にくれていた時に、橋屋に助けられて今はそこに逗留させてもらっているのだと、記してあった。

これ以上橘屋に迷惑は掛けられない。そう考えていたところ、遠州屋さんに居ることを橘屋さんに教えてもらった。

吾一さんには何か事情があるようで、名を長次郎と変えていることも聞きました。

その事情は私には分かりませんが、一度でいい、会って下さい。会ってお礼が言いたいのです。下総に帰れというのなら帰ります。

今日の七ツ、永代橋の東袂で待っています。

おなつの文は、それで終わっていた。

「おなつ……」

長次郎は、文を両手でわしづかみにして、

――今日の七ツか……。

会いたい……と思う。だが、おなつが江戸に出てきていて、しかも自分がここにいることまで知っていたとは、驚きとともに狼狽が胸の中を走る。

おなつにはもう会うまいと考えていた。だから自分の居所は教えてなかったのだ。

しかし、今会っておかなければ、もう会えないかもしれない。

自分は大手を振って大通りを歩けるような人間ではない。何時お縄を掛けられて、処罰されるか分からぬ身だ。

店の者に気付かれぬよう文を畳んで懐に入れると、暖簾の陰から外に出た。

「長次郎……」

いきなり声を掛けられてぎょっとして、その方に顔を向けると、赤ら顔の男が物陰から手招きをしている。

――富蔵だ……。

長次郎の心は一瞬にして闇の中に入った。

富蔵は、盗人一味の連絡役で、これまでもずっと長次郎に頭の意を伝えに来ていた。

長次郎は店の中に視線を投げたのち、小走りして富蔵が隠れている物陰に入った。

「お頭が返事を待ってるんだぜ」

富蔵は陰険な鋭い目で長次郎に言った。

「分かってますよ」

「だから何時だ……もう待てねえぜ。今日聞いて来いと言われたんだ。おめえ、お頭を裏切ったらどうなるか分かっているんだろうな」

ドスの利いた声だ。

「分かってますよ」

「そうだよな。お頭から受けた恩を忘れるような人間じゃねえよな。で……」

富蔵は返事を催促する目で睨んだ。

「明日の晩、四ツ（午後十時）……」

長次郎は言った。

「分かった、四ツだな。違（たが）えたりしたら、おめえ、命はねえぜ」

富蔵は、長次郎の肩をぽんと叩くと、帰っていった。

おなつは先ほどから、永代橋の東袂にある桜の木の下から、対岸に延びている優美な橋を見詰めている。

大川下流に架かる永代橋だ。江戸に出て来て吾一を捜し始めた時、ここに立ってこの橋を眺めて、その美しさに驚いた。

吾一を捜す第一歩はこの橋の袂から……ここから深川一帯に入っていったのだ。

直ぐ近くの佐賀町には、お登勢が経営している料理屋があるらしく、お登勢から料理屋の二階で長次郎との再会を果たしてはどうかと勧められたが、おなつはこの橋の袂を選んだ。

とうとうと流れる水量豊かな大川を見ていると、下総の大川を思い出すのだ。吾一が奉公に出る前には、友だち数人と下総の大川の土手に座って釣りをしたり、春には蕗の薹を摘み、つくしを摘み、それらはみんな膳に並べてお菜の足しにしたものだ。遊びながら食べられるものを探していた。純粋な遊びではなかったかもしれないが、それでも子供たちにとっては楽しいひとときだったのだ。

貧しさは骨の髄までしみついていた日常だったが、そのことをさほど不幸とも思わなかった。慣らされて感じなくなっていたのだろう。

だが大きくなって、世間の風に当たり、身を粉にして働くようになると、貧しさから抜け出せない理不尽な世間を恨むこともあった。

貧しくても幸せだった子供の時代とは、考えが大きく転換していったように思う。

吾一だって例外ではない。呉服屋に奉公して、吾一なりに一旗揚げたいと思っていた筈だ。

ところが今、吾一は悪の道に入っているようだと言う。それが本当なら、全て私のためだ。私の存在が、吾一の一生を台無しにしてしまったのだ。なんと言って詫びればいいのかと、おなつは灯りが見えない暗闇に立たされているような気分になっている。

――いや、このまま終わるものか……。

おなつは心を鼓舞(こぶ)して、永代橋の上に視線を投げた。

いま目の前に見える永代橋は、お登勢から聞いた話では創架は元禄(げんろく)十一年(一六九八)、長さは百十四間(約二〇七メートル)、幅は三間四尺五寸(約七メートル)あるらしい。

文化(ぶんか)四年(一八〇七)八月には、死者七百人、行方不明者百人も出す大落橋事故が起きたが、翌年、橋は全額幕府の費用で架け替えられて今日に至っていると聞いた。この袂にある桜の木は、その架け替えをしたおりに植えたようだ。

橋の崩落から十五、六年が経過して、いま桜の木は大きな枝を広げている。花は終わって枝は緑に覆われているが、川風を受けて優しい音を立てている。

この桜の木の下に立っていると、おなつは元気を貰えるような気がするのだ。

そう……先日この橋を渡った時に見た、あの若い二人のように、吾一さんとこ

様々な思いをめぐらせては、伸び上がって橋の上を行き来する人々に目を凝らしていたおなつは、

「吾一さん……」

急ぎ足でやって来る吾一を見つけた。

おなつは小さく手を振った。

だが、吾一は気付いているのかいないのか、走って橋を渡ってくると、警戒する目を四方に遣ってから、おなつの側にやって来た。

そして言葉を交わす間もなく、おなつの腕を摑むと、ぐんぐん引っ張って歩き、佐賀町に建ち並ぶ空き蔵につれ込んだ。

「危ないよ、私に会いに来るなんて……どうして江戸に出てきたんだ」

開口一番、吾一はそう言った。

「吾一さん、会いたかったって、言ってくれないのね」

おなつは、今にも泣き出しそうだ。

「馬鹿、会いたいに決まってるだろ。だがな、おなっちゃんも気付いているんだろ、今は長次郎という名で暮らしているんだ。吾一じゃないんだよ。長次郎とい

う人間は、おまえさんに会う資格はない人間なんだよ」

吐き捨てるように吾一は言った。

「いやよ、そんな言い方しないでよ。吾一さん、私は吾一さんに救っていただきました。だから、ほら私、自由の身になりました。お礼を言いたかったんです。それと、吾一さん、私と一緒に江戸を出ましょう。一緒で足手まといになるのなら、逃げてください」

おなつは必死だ。だが吾一は、

「いいんだよ、おなっちゃんを助けることが出来た、それで私は満足だ」

吾一は笑って、泣きじゃくるおなつの肩に手をやると、

「もう一生、おなっちゃんに会えないかと思っていたんだ。それがこうして会えたんだ。嬉しいよ。でも一緒に逃げることは出来ないんだ。きっと連れ戻されて命をとられるかもしれないよ。おなっちゃんだって、酷い目に遭わされるにきまっている。だから、いいかい……明日は一人で下総に帰るんだ」

「ああ……」

おなつは泣き崩れた。

その時だった。十四郎が鶴吉と入ってきた。

「誰だ……」

吾一は身構えた。

「おまえさんの敵ではないよ。橋屋の者だ」

「橋屋……！」

吾一は、おなつの文にあった縁切り寺の御用宿のことだと分かったようだ。

「おなっちゃんがお世話になりまして……」

頭を下げた。

「悪いが話は聞かせてもらった。おまえさんに文を書くよう勧めたのは橋屋の女将のお登勢だ」

十四郎は言った。驚いた様子の吾一に、

「おまえさんは法雲一味の者、引き込みの役目を担っている。そうだな」

十四郎の厳しい言葉を、吾一は否定しなかった。驚いた様子で十四郎を睨んだが、大小を差した武士に手出しが出来る訳もない。

「質屋の手代に入って引き込みをやったのも、長次郎と名を変えたおまえさんだったのだ。そして、それに気付いて深川の賭場に調べに入った北町の同心を、永代寺門前町で刺して殺そうとしたのも、おまえさんだな」

十四郎は険しい視線を投げた。

「違う、私じゃない」

すぐに吾一は否定した。

「おまえじゃないのか……同心を襲ったのは？」

「仲間だ、私じゃない。確かに役人が賭場にやって来た時、私はむりやり仲間に誘われてあの場所にいた。だが、私は匕首など持ってはいない」

吾一は両手を広げて見せて、

「役人を追っかけて行ったのは仲間の二人だ。私の役目は、手代として店に入り信用を得ること、それだけだ……」

「なるほど……それで質屋の次は遠州屋に入り、今また一味を引き込もうとしているのだな」

「………」

吾一の顔が青くなっていく。しまった、相手の話に乗ってしまったという顔だ。

一方、狙いが当たったと確信した十四郎は、

「悪の手助けをするのも、このおなつさんを助けたいがためだったと言いたいのだろうが、それなら世の貧しくて恵まれない人生を送っている人全てが、何をし

ても良いということか……それは違うだろう。非を認めてもう止せ。悪人たちの手助けをするのは止めるんだ」

　十四郎は、吾一の目をきっと捉えて言った。

「そ、そんなことが出来れば世話ないよ。ここに今日やって来たことも、バレやしないかとひやひやしている。見付かれば即、殺される」

　吾一は、血相を変えて言い返す。

「勇気を出せ。昔の自分に戻るんだ。働き者で優しい人間だったらしいじゃないか」

「………」

「いいか、よく考えてみろ。押し込みをした店の者たちを惨殺しても良いのか……自分の命は惜しいが、お前を信用して雇ってくれた店の人たちの命は消しても良いと思っているのか……」

　十四郎は追い詰める。

「くっ……」

　吾一は歯を食いしばって俯いた。

「吾一さん……」

おなつは歩み寄って、吾一の目を案じ顔で見る。

十四郎は険しい口調で説得を続ける。

「私は、おまえさんにこれ以上、悪の手助けをしてほしくない。だから言っているのだ。町奉行所が他の盗賊探索よりも力を入れているのは、法雲があまりにも残忍残酷だからだ。ただの盗人ではない、人殺し集団だ。長次郎、いや吾一に戻って心を決めて話してくれ。遠州屋には何時入ることになっているのだ?」

「あっ……」

吾一はついに膝を地に着け、肩を震わせる。

おなつも膝を突き、吾一の顔を覗き見る。

「吾一さん……」

吾一は、震える声で言った。

「押し込みは、明日の夜四ツ……ただ、遠州屋の者は主夫婦をはじめほとんどの者が、箱根(はこね)の湯に明日から四日間行くことになっています。留守番は私を入れて三人……」

「そうか、おまえさんは被害者が出ないよう気を配って引き込みの日を選んだんだな。吾一、よく話してくれたな。御上にはお慈悲もあるのだぞ」

十四郎は吾一の肩に手を遣ると強く揺すって、吾一の顔を覗いた。

十一

翌日の夜の四ツ、薄闇に包まれた江戸の町に時(とき)の鐘(かね)が鳴り響く。

小舟町の遠州屋にも、その鐘の音は届いている。暖簾は仕舞われ、大戸は閉められ、昼間の店の威厳も賑やかさもない。

ひとっこひとり見えない寂々寥々(せきせきりょうりょう)とした景色の中に遠州屋はある。

大戸を閉めた店の中には吾一が息を殺して苦しげな顔で座り、奥の部屋には七之助、鶴吉、万吉、それに藤七と十四郎までその時をじっと待っている。

遠州屋の店の者は、主の喜兵衛(きへえ)と番頭が蔵の中に身を隠しているが、他の者たちは箱根に向かった。

喜兵衛は十四郎から事の次第を聞き、自分と番頭だけが残ることとして、他の者には何も話さず箱根にやったのだ。

また、遠州屋の表には、闇に隠れて松波率いる同心小者たち二十人ほどが待機している。

その中でも、一段と目を光らせて十手を持ち、何度も握り具合を確かめているのは達蔵だ。

吾一の告白が間違いなく、また十四郎の勘所も狂っていなければ、今夜法雲一味はやって来る筈だ。

果たして、夜四ツの鐘が鳴り終わると、静かに西堀留川に茶船が現れた。

茶船には船頭が二人、黒い手ぬぐいに黒装束、その姿は影のように見える。ただ、他には人の影はない。

「松波さま……」

達蔵がどうして二人なんだと松波に問う顔だ。

松波は、落ち着いた顔で頷き、

「ぬかるでないぞ……」

そう言って待機させている配下の者たちに視線をやって促した。

茶船はまもなく、しずかに遠州屋の表に泊まった。すると、船の底から湧き出るように七、八人が立ち上がった。

筵を被って潜んでいたのだ。

「ぺっ」

達蔵は緊張して、十手を持っている掌に唾をつけた。

松波たちが見詰める中を、黒い装束の賊たちは、滑るように遠州屋の大戸の前に走り寄ると、固太(かたぶと)りした男が合図を送った。それがどうやら盗賊の頭のようだ。

すると手下の一人が、戸に近づいて、叩いた。

すっと戸が開いて、吾一が顔を出した。

「ご苦労だったな。お前は去れ」

吾一に命じた。頷いて吾一は外に走り出る。

盗み稼業には役にたたない吾一は、皆を引き込むとすぐに闇に逃げることになっている。

「それ」

盗賊の頭が手を上げると、賊たちは一斉に店の中になだれ込んだ。だが、

「誰だ、お前たちは……」

頭が叫んで突っ立った。

ずらりと並んで待ち受けていたのは、橘屋の若い衆たちだ。

「店の者か、殺せ！」

頭の声で一斉に盗賊たちは匕首を引き抜いて構えた。顔を覆っているものの、

いずれの賊の目も鋭い光を放っている。

大勢の人の血の臭いを嗅ぎ、盗んだ金で退廃した闇の暮らしをしてきた目だ。

「そうはさせぬぞ。お前が法雲か……仏に仕えていた身で極悪非道を繰り返すとは……」

奥から出てきたのは十四郎だった。

「長次郎め、売りやがったな」

盗賊の一人が声を荒らげる。

するとそこへ、松波たち町奉行所の者たちが走り込んできた。

「逃がすな、縄を打て！」

松波の号令で、法雲一味は捕り方に囲まれる。

「殺っちまえ！」

賊の誰かが自棄になって叫んだ。同時に賊たちは匕首で捕り方に飛びかかる。

「鎮目の旦那を刺したのは、どいつだ！」

腕を捲りあげた達蔵に、背後から匕首が振り下ろされた。

だが、十四郎の鉄扇がそれを叩き落とした。

「くっ……」

十四郎を睨んだ顔は、一味の頭領、まむしの法雲その者だ。

被っていた布がとれて、つるりとした頭がむき出しだ。

「法雲だな、悪あがきは止せ！」

鉄扇を喉に突きつけられた法雲は、達蔵と捕り方の手で、素早く縄を掛けられた。

「十四郎殿……」

松波が近づいてきて小さく頭を下げた。

法雲の手下たちも皆、縄を掛けられ、引っ張られて行く。

その時だった。逃げた吾一が戻ってきて、達蔵の前に両腕を差し出した。

達蔵は、十四郎の顔を見た。十四郎が頷いて応えると、達蔵は吾一が差し出した腕を押し戻し、背中をぽんと叩いて連れていった。

法雲一味の処罰が決まったのはまもなくのことだった。

北町奉行は法雲他一味に死罪の決定を下し、老中もそれを承諾。即刻皆、首を刎ねられて鈴ケ森の刑場に晒された。

吾一ひとり命は助かった。

その大きな理由は、引き込みはしたが、人を殺してはいないこと。また一味に加わったのも、江戸に出て来て金も失い、働く場所も見付からなかったところに金を恵まれ、その恩をタテにして引き込みをさせられていたことが分かったからだ。

しかも奉行所に、一味の襲撃を伝えて全員捕縛に協力したことが、量刑を一等低くしたと言える。

また、遠州屋も店が吾一によって助けてもらったと北町奉行所に嘆願書を出してくれている。

吾一は詮議のすえ、遠島のところを人足寄場送りとなったのだった。

おなつはその日、お登勢と一緒に、石川島に送られる船松町の渡し場まで出かけて吾一が護送されるのを見送っている。

「吾一さんが御赦免になる日を待っています」

おなつの固い決意を聞いたお登勢は、佐賀町の料理屋三ツ屋で働くように差配して、おなつは今日から店に仲居として入っている。

佐賀町の三ツ屋からは、永代橋は目の前に見える。更にそのむこうには、吾一がいる石川島が良く見える。

おなつは張り切って三ツ屋に向かった。まずは皿洗いから始めるようだが、みすぼらしい着物だったのが仲居頭のお松から新しい着物を貰って、嬉しそうだったのだ。


皆その様子にほっとしたが、とりわけおかねは、

「ほんまに、これでほっとして大坂に戻れます」

もはや自分が離縁を望んで駆け込んできたことなど忘れているようだ。

そそくさと玄関に立ったおかねに、

「でも、おかねさん、旦那さまのお迎えをお待ちになった方が……」

お登勢が引き留めようとしたが、おかねは笑って、

「びっくりさせてやりますねん。お登勢さま、十四郎さま、お世話になりました。

上方にお出でになるようなことがありましたら、是非大坂の店にお立ち寄り下さい」

おかねは、ほほほと笑って帰っていった。

「ふう……おなつのことも骨を折ったが、おかねさんは野分のようだったな」

十四郎は笑って言った。

第二話　米屋の女房

一

耳を澄ませば微かにくすぐるように聞こえる秋の声。

涼風が川辺や山谷に繁るススキの穂を揺らすこの日、本所にある『康寧院』という御祈禱所では、十人近くの男女が手を合わせ、祈禱師宗拓の祈りに頭を垂れていた。

その中に、お登勢の姿があった。諏訪町の道場で女中をしているおとりを連れて祈禱の言葉に耳を傾けている。

祈禱所の部屋は薄暗く、設えられた祭壇の上段には古い書物や鏡のような物が置いてあり、下段には護符が並べてある。

その前で烏帽子を着け、神主風の衣を着た宗拓が、幣を手に祈り続けているのである。

「ああうう、なむなむなんとかかんとか※☆△★#……のうまくさんまんだ#★△※◇ぎゃあていぎゃあてい、はらぎゃあていぼじそわかはんにゃ……なむなむああなんだあらしんぎょう」

どのような内容の文言なのかさっぱり分からないが、祈る宗拓の後ろ姿には圧倒的な霊気を感じさせるものがあった。

さすが近頃御府内で名を馳せる占い祈禱師だと納得するものの、一心に祈っている後ろ姿を見る限り、肩幅広く筋肉質で、占い祈禱師というより、修験者と言ったほうがしっくりくるのではないか。

お登勢はそんなことを考えながら、宗拓の後ろ姿を見ている。

もともとこのような所に来るなど考えてもみなかったお登勢だが、諏訪町で彦左衛門の看病をしてくれているおとりが橘屋にやって来て、

「お願いがございます。彦左衛門さまの容体は一進一退、これはなにか悪いものに憑かれているのかもしれません。だって先生の十四郎さまや千草さま、お登勢さまも入れ替わり立ち替わり、人参やらなにやら滋養のあるものを運んできて

下さっているのですが、まだ寝たり起きたりです。あたしも彦左衛門さまも、元の元気を取り戻せるのは何時の日かと心細い思いをしています。そこでですね、身体の中にある悪いものを取り除くご祈禱をしていただければ良くなるんじゃないかって思い立ちましてね。いえね、これはご近所の方もそうおっしゃって下さっていますし、彦左衛門さま自身も、御祈禱で元気になれるものならとおっしゃっているのです」

おとりはいろいろと言葉を並べて、宗拓に彦左衛門の病気快癒の御祈禱をしてもらってほしいのだと言ってきたのだ。

おとりの話では、本所に一年前から宗拓なる者が御祈禱所康寧院を開いていて、人の噂では霊験あらたかで、何を願っても効き目があるのだという。

お登勢は十四郎と相談の上、彦左衛門も望んでいるのならと、今日おとりと連れだってやってきたのだった。

康寧院は、回向院の裏手にあった。誰かの隠居所を買い取って祈禱所に仕立てたらしく、木戸の門には康寧院と書いた大きな看板が掛かっていた。

玄関で声を掛けると、すぐに神主のような衣を着けた宗拓本人が出て来て、玄関脇の小座敷に入るよう勧められた。

　そこで祈禱料を手渡して、願いの筋を伝えるのだ。

「彦左衛門という老武士の病気快癒をお願いしたいのです」

　お登勢がそう告げると、宗拓はおもむろに頷いて、

「お任せあれ」

　そう言ったのだが、品定めするようにお登勢を見た目の奥に、陰険で好色な光が宿っているのに気付いてぎょっとした。

　しかも衣に焚きしめた薫香が、あまりに強烈すぎて、こちらに手を伸ばしてきた時には、お登勢は鼻をつまみたい程だった。

　とはいえ顔を顰める訳にはいかない。気付かぬ顔をして、お登勢は、おとりから「祈禱一回に金一分」と教えてもらった通り、金一分を包んだ懐紙を宗拓の前に進めた。

　宗拓は、その懐紙をすっと取り上げると、

「こちらに……」

　お登勢とおとりを祈禱所に案内した。

　宗拓の後ろを歩くと、これまた薫香が鼻を襲ってきて、お登勢はおとりと顔を見合わせて苦笑した。

祈禱を行う部屋には既に先客数人が座して宗拓を待っていた。

お登勢とおとりが空いている場所に座ると祈禱が始まったのだが、それから四半刻(はんとき)(三十分)、宗拓はいろいろと声音(こわね)を変えて祈り続けているのである。

「ふう……」

おとりが深いため息をついたその時、宗拓の声がぴたりと止まって、こちらを向いた。

何かに憑依(ひょうい)されたような、らんらんとした目で客を見渡すと、一人一人の名を呼び上げて、祭壇に並べてあった護符を手渡していく。

皆有り難がって拝礼し、護符を手に順次祈禱所を出て行くのである。

最後に宗拓はお登勢の名を呼んだ。

「はい」

とお登勢が前に進み出ると、

「御懸念の病のこと、きっと良くなりましょう。この護符で朝晩具合の悪いところを撫で、回復を願いなされ。また、御利益(ごりやく)は、こちらに何度も足を運ぶことによって叶います。よろしいですかな」

護符をお登勢の手に渡してくれたが、さりげなく触ってきた宗拓の手が、ねっとりとしていて、お登勢は思わず手を引いた。

「ふふふ……」

宗拓は微笑みを見せると、大きく頷いてみせたのだった。

この日、諏訪町の道場『一心館』では、激しい稽古が行われていた。

門弟は年々に増え、しかも近頃では武家の子弟でも初心に近い者が多く、稽古をつける小一郎と梅之助は大忙しだ。

「まだまだ。何をしておる、腰が引けておるぞ！」

小一郎は竹刀で、注意をした男のへっぴり腰を、こつんと叩く。

一方の梅之助は、道場の片隅で、一人一人に相対して稽古をつけているのだが、今向かい合って教えているのは女剣士だった。

竹刀を構えた女弟子の立ち姿は、男の弟子たちも舌を巻く程きりりとして隙がない。

「えい、えい、えい、えい」

女剣士は声を張り上げて梅之助に打ちかかる。梅之助はそれを軽々と撥ね返して、

「一刀一刀に狙いを定めるのだ」

すいと構えて待つ。

「はい、参ります!」

女剣士は、梅之助を睨み据えると、

「えーい、えい、えい、えい」

何度も激しく打ちかかる。

「腰が引けている。足を出せ!」

「はい。参ります!」

どんなに厳しく言っても、女剣士はへこたれたりしない。

「えい、えい、えい、やあ!」

乱打している女剣士には、悲壮なほどの必死さが窺える。

壁際で梅之助の稽古の順番を待つ男の弟子たちは、女剣士の激しさに顔を見合わせて苦笑している。

「足を出せ!」

梅之助が叱ると、

「はい、もう一度お願いします」

女剣士は一礼して、また打ち込んでいく。

「よし、それでいい。今日はこれまでにしよう」

梅之助はそこで竹刀を引いた。

「先生……」

もう終わりですかと女剣士の不満の顔に、

「何故そのように急ぐんだ。一手一手じっくり時間をかけて稽古を積めばいいじゃないか」

梅之助は苦笑する。

「急ぐんです。すぐにでも強くなりたいのです」

女剣士は梅之助に食らいつく。

「だから何故だと訊いているんだよ。米屋の内儀(おかみ)が何故そこまで剣の腕を磨かなきゃならないんだ。ここに入門してきた時に、身体を鍛えたい、そう言っていたが……」

あの言葉は違ったのかと梅之助の顔は言っている。

近頃は武家の子弟ばかりか、自分のような町人も入門してくるが、女の入門者は初めてだった。しかも米屋の内儀だ。

梅之助の問いかけに、女剣士は口を閉じ、梅之助に一礼し、背後で師範代梅之助との個別の稽古の順番を待っている男の弟子に場所を譲ると、壁際に座った。目鼻だちの整った美しい内儀である。

汗を拭いながら皆の稽古を眺めていたが、やがてすっくと立ち上がると、稽古をつけている梅之助に一礼して道場を出て行った。

入れ替わりに入ってきた十四郎に気付いた梅之助は、稽古をつけるのを止めて、一礼して迎えた。

「今そこで会った女子だが、あの人が噂の女弟子か」

十四郎は梅之助に尋ねる。

「はい。入門して一月になりますが、熱心に毎日通ってくるんです」

梅之助は苦笑する。

「何、毎日……」

十四郎の視線は、先ほど女剣士が去った方をちらりと見遣る。

「米屋の内儀だということですが、どうやら武家の出のように見受けられます。何か訳があるのではないかと思っているんですが……」

梅之助は困惑顔だ。

「でも、何も話してくれないんです。先生が一度尋ねてみていただけませんか」

梅之助は、女剣士を案じているのである。

「分かった。先に彦左の様子を見て参る」

十四郎はいったん道場を出て、彦左衛門が臥せる部屋に向かった。

「あっ、先生……」

部屋に入ると、女中のおとりが、明るい声で十四郎を迎える。おとりは彦左衛門を起こして、背中を拭いてやっているところだった。

彦左衛門もすぐに気付いて、

「これは十四郎さま……」

おとりの手を止めさせて、慌てて袖を肩に引き上げ、襟を合わせて整えて、

「あのお札のお陰で、昨日から気分が晴れております」

律儀に頭を下げるのだった。

「効き目はあったのか」

十四郎は、近くの文机の上に載っている、あの護符にちらりと視線を投げた。

おとりは台所に移動して、お茶を淹れながら、

「彦左衛門さまは今朝は気分が良くなったとおっしゃって、お粥もしっかりとお召し上がりになったんでございますよ」

嬉しそうだ。

「そうか、それは良かった」

「だって、あの『里見八犬伝』を書き続けている、誰だったか……そうそう、馬琴さんて方も、結構何か心配ごとがある時には、吉方や吉日を気になさって、どなたかに鑑てもらっているとか……これはお隣の本好きのおかみさんが言っていたんですけど、この世では目に見えない力があるんだって言っていましたからね」

おとりの熱心な説明に、

「おとりさんには良くしてもらって助かっています。この彦左は生涯千草さまをお守りせねばと覚悟をしてまいりましたが、その千草さまが近藤さまの妻となり、お役御免となったことで、どうやら気が抜けてしまったようでございます。ここでこうして道場のお役目を頂いて暮らせることはまことに有り難く、行く末は自分の始末は自分でつけなければと強がりを言っておりましたのに、結局皆様からこうして手厚く面倒をみて頂きまして、この彦左、身に余る……身に余る……」

彦左衛門は、思わず涙ぐむ。

「彦左殿、千草殿も金五も、われわれ夫婦も皆、彦左殿を父とも思うておるのです。さいわい、おとりは良く気がつく働き者、なんの遠慮もいりませんぞ。おとりにどしどしなんでも言いつけてくだされぱよい」

十四郎は慰めの言葉を掛けながら、やはり日ごとに瘦せていっているのを見て胸が痛んだ。

二

「おい鶴吉、あれは鎮目の旦那と達蔵親分じゃないのか？」

七之助は鶴吉の袖を引っ張って、神田川に架かる新シ橋の土手下を指した。

川沿いの土手には背の高くなったススキが茂っているが、そのススキを丸く刈り取った場所に、鎮目や達蔵や小者たちがいる。

そして、少し離れた場所に野次馬が十人ほど様子を見ている。

皆の視線を受けながら、鎮目が膝をついて調べているのだった。

大怪我を負わされた鎮目だったが、今は元気になって探索を始めている。

どうやら鎮目が調べているのは死体のようだ。殺しか土左衛門か、はたまた行き倒れか。

「下りてみるか」

鶴吉の声に七之助は頷く。

二人は、今朝早くから離縁が叶った女を実家に送り届けての帰りだったのだ。鎮目と達蔵の姿を見たからには、このまま知らぬ顔をして帰る訳にもいかない。二人は土手下に下りていった。

「達蔵さん」

鶴吉が声を掛けると、達蔵が振り返って、「おう」というように手を上げた。

鎮目と達蔵の足元には、男の死体が転がっていた。

おそるおそる近づいて、鎮目の背後から覗き見る。

死体の男は何かで胸を刺されたか、胸のあたりの着物が真っ赤に染まっていた。顔は丸顔の善良そうな四十男だ。顔は血の気が抜けたのか白かった。

「殺しですね」

鶴吉が尋ねると、

「そうだ。平永町で小間物屋の店を出している八兵衛という旦那じゃねえかと野次馬の一人が教えてくれたんだ。そこで今、店に人を走らせたところなんだ」

達蔵が立ち上がって言った。

「小間物屋の主ですか……何で殺されたりしたんでしょうね」

七之助が呟くと、検証していた鎮目も立ち上がって、

「胸をひと突きだ。匕首(あいくち)か小刀かは分からぬが、手練(てだ)れた者の仕業だな。そうでなければひと刺しで心(しん)の臓(ぞう)を突くことはむずかしい」

鎮目は、死体にちらりと視線を遣った。

「物盗りですかね」

「さあ、それはどうだろうな。もっとも、財布は盗られているから、商人の旦那衆と知って襲ったのかもしれぬ。まっ、調べはこれからだから」

その時だった。野次馬の中から腰の曲がった婆さんが歩いてきて、

「あたしは見たんだよ、逃げてく下手人(げしゅにん)をさ」

白髪(しらが)交じりの頭を振って、橋の上を指す。

「何、下手人を見た……婆さん、間違いないだろうね」

鎮目は驚いて尋ねた。

「あたしは歳は取っていても、この目はずっと彼方(かなた)まで、はっきりと見えるんだ

よ」

「よし、分かった。何時のことだね、詳しく話してくれ」

鎮目は婆さんの身なりを見た。婆さんは「かりんとう」と書いた箱を首にぶら下げている。

「あたしはご覧の通りの、かりんとう売りさね。あちこち廻って帰りは毎日たいがい七ツ過ぎになるからね。住まいはそこの八名川町（やながわちょう）の裏店（うらだな）なんだけど、この橋は毎日通ってる。で、昨日の夕方、裏店に帰るために、この橋を渡っていた時、男二人がススキを掻き分けて上がってきて逃げていったんだよ。なんだろうと思ったけど、ススキが茂ってこの有様だろう。おまけに夕暮れ時ときてるんだ。あたしはそのまま裏店に帰ったんだけどね。きっとあの男二人が殺したんだよ」

歯が抜けていて聞き取りにくいが、身振り手振りで説明した。

「そうか、で、その二人だが、どんな男だったか覚えていないか」

鎮目は婆さんの顔を覗くが、

「さあ、そこまでは」

と首を振る。

「なんでもいいんだ。太っていたとか、痩せていたとか、着物の柄とか」

達蔵が誘いを掛けると、

「一人は体格のいい男で総髪だったね」

婆さんは言った。

「総髪……」

達蔵は問い返す。手がかりを得たという顔だ。

「そうだよ。で、もう一人は中肉で、こっちは町人髷だ。背が高かったかな……着物の柄は覚えていませんね」

「ありがとよ。婆さんには、また聞きてえことがあるかもしれねえ。住処と名前を教えてくれねえか」

達蔵が尋ねると、

「あたし……おはなっていう名でね」

「おはな……ずいぶん可愛い名前じゃねえか」

思わず達蔵が、七之助や鶴吉に視線を投げてくすりと笑うと、

「親分さん、あたしにだって娘時代があったんだよ。生まれてすぐに、こんなばばあになった訳じゃないんだから。親分さんだって、もう十年もしてみな、顔に皺もよるし白髪だらけで、男の年寄りは見ていられねえ有様になるんだから」

おはなという婆さんは、鼻息も荒い。

「分かった分かった、すまねえ。で、住まいは八名川町の裏店だったな」

達蔵がもう一度訊くと、

「そうだよ、権兵衛長屋だ」

おはなは答えるが、

「親分、あたしに話を聞いて、もうおしまいかい……何か忘れてやしませんかってんだ」

「何……何を忘れているって」

小首を傾げる達蔵に、

「あたしは、かりんとう売りだよ」

「分かってるよ」

「人に物を訊いたら、どうするんだい……親分のおっかさんは、教えなかったのかい……ええい、礼儀ってものがあるだろ?」

おはなは苛立つ。

「よく分からねえや」

達蔵が苦笑すると、

「まったく、かりんとうの一袋でも買ってくれたっていいじゃないか」

おはなは苦い顔をしてみせる。

「抜け目ねえな」

達蔵は苦笑する。だが二人のやりとりを見ていた鎮目が、

「おはなさん、かりんとう二袋いただこう」

銭を出して、おはなの手に渡した。

「やっぱり旦那だねえ。十六文頂きます、はい」

おはなは機嫌を直して、かりんとうの袋を鎮目に渡すと、

「じゃあね。あたしは忙しいから、これで」

さっさと土手を上がって、姿を消した。

「やれやれ……」

皆で苦笑しているところに、小者に連れられた内儀が悲壮な顔をして土手下に下りてきた。

そしてすぐに死体を見ると、

「あなた……八兵衛さん！」

死体に縋って泣き崩れた。

「小間物屋の内儀です」

内儀を連れてきた小者が、鎮目に報告した。

「おい、遅いじゃないか」

近藤金五は、盃を手にしたまま十四郎を迎えた。

久しぶりに三ツ屋で一杯やろうと金五が言い出して急に決まったことなのだが、

「すまぬ。七之助と鶴吉の報告を聞いていたのだ」

十四郎は、追っかけて入ってきた仲居に、膳と酒を運ぶよう頼み、開け放たれた窓辺に寄り、永代橋の方に目を遣った。

「いい眺めだ……」

十四郎は思わず呟く。

橋屋の用心棒をしていた頃から、三ツ屋で会食をする時には、いつも隅田川や永代橋の良く見えるこの二階の小座敷を使ってきた。

三ツ屋は料理屋になった時に大改装をして贅をつくした造りになっているが、この二階の部屋だけは、十四郎たちの気持ちを汲んで昔のままにしてくれている。

「なんだなんだ、何がいい眺めなんだよ」

金五も盃を置いて立ち上がり、十四郎の側に来て前方を眺めた。

「ほう……気がつかなかったな」

金五は驚いた声を上げた。

頃はまもなく夜の六ツ（午後六時）だ。太陽が内海の地平線に沈みかけていて、椀を伏せたように白く見える太陽が放つ茜色が扇のように広がっている。

「確かに良い。美しいという表現では説明出来ぬな。ここから見る眺めは特別だ」

金五はまたもや呟く。

「うむ、こうしてここで二人で眺めるのは何度目か……」

しみじみと十四郎が言ったその時、お松が仲居に膳を運ばせて部屋に入ってきた。

「旦那さま、お膳をお持ちしました」

「おう来たか。お松、手数を掛けるな」

金五は早速膳の前に座った。

「本日は良い柚が入りましたので、柚づくしです」

お松は微笑んで説明する。

「まずこちらは柚豆腐。温めた豆腐に柚餡を掛けています」

豆腐にとろりとした柚餡がかかり、柚の皮を髪の毛ほどに刻んだものが数本飾りに載っている。

「そしてこちらが大根の膾です。人参やきくらげと一緒に柚も刻んで入っています。こちらは小鯛の丸揚げ、姿そのままに揚げて軽く塩を振っています。柚を掛けて召し上がって下さい。茶碗蒸しも香りを楽しめるようにしてあります。そして最後に、この笹の葉に載っていますのが柚饅頭です。粳米の皮ですが、餡は奈良の葛を使って白餡になっています」

「美味い！」

金五は説明が終わるとすぐに、柚豆腐をぱくりとやって声を上げる。

十四郎も箸を付けて、

「お松、これならお客も喜ぶだろう」

満足そうな笑みを送った。

「はい、お陰さまで……」

にこにこして返事をしたが、はっと思い出した顔で、

「そうだ、うっかりしていました。お漬物をすぐにお持ちします。お登勢さまが

漬けた秋なすの浅漬けです」

　慌てて仲居を連れて階下に下りていった。

「よし、存分に頂こう。なんだな、人間はこうして美味い物を食ってる時が、一番幸せを感じるのかもしれぬな」

　金五はそんなことを口走りながら、酒を注ぎ、箸を動かしていく。

　ひとあたり食してから、金五はふっと思い出したように顔を上げた。

「おぬし、ここに来たとき、七之助と鶴吉から報告を受けたのなんのと言っておったな。何の報告だ？」

「ああ、新シ橋の土手下で殺しがあったそうなんだ」

　十四郎も箸を動かしながら言う。

「殺しだと……」

「そうだ、鎮目さんと達蔵親分の姿が見えたので、下りて行って様子を見てきたというんだが……」

　十四郎は盃に独酌して注ぎ、

「殺されたのは小間物屋の主だそうだ。下手人は男二人。これは見た者がいるということらしいが、小間物屋の主は昨日、人に会うのだと言って出かけたようだ。

だが、誰に会いに行ったのかは内儀も分からぬと言っているらしい」

金五も酒を手酌で注ぎ、ぐいっと飲み干してから、

「殺される理由でもあったのか」

十四郎の顔を見る。

既に闇は深くなっていて、先ほど仲居が行灯に火を入れてくれて、その淡い光が、十四郎の顔を照らしている。

「理由は分からんそうだ。ただひとつ、内儀が気になっているのが、亭主は宗拓という祈禱師のところに通っていたようだが、そのことで悩んでいたというのだ」

「ちょっと待て。宗拓という祈禱師なら、道場のおとりの推薦で、お登勢殿が、彦左の病の祈禱をしてもらったのではないのか」

金五の顔は驚いている。

「そうなんだ。俺もそれでお登勢に尋ねてみたんだ。そしたら、彦左衛門本人が、宗拓の護符で良くなったと言っているんだから、それで良いのかもしれないが、ああいう人間は苦手だと言っていた。あんまり近寄りたくない人物だと……」

「なるほど、お登勢殿の勘は間違いないからな、怪しい人間かもしれぬぞ……ま

てよ、ということは、ひょっとして、その宗拓に繋がる何かで命を狙われたのかもしれぬな。ああいう世界は我らの常識や理解を超えたところにあるのだ」

「ふむ……まっ、橋屋にはかかわりのないことだが」

そう言いながら、十四郎の頭を不安が広がっていた。

三

慶光寺の小者が、駆け込み人を連れて橋屋にやってきた日は、十四郎はいなかった。

お幸（さち）を連れて両国に見世物小屋見物に行って留守だった。

お民（たみ）と万吉（まんきち）もお供として見世物小屋の見物に出かけていたし、七之助と鶴吉も出かけていた。

橋屋にいたのは、お登勢と番頭の藤七（とうしち）だけだった。

「近藤さまはこのこと、ご存じですか？」

玄関に出向いた藤七が小者に尋ねると、まもなくここに来ると言う。駆け込み人を橋屋にひとまず連れていくよう言いつけたのは、金五だった。

藤七が駆け込み人を、お登勢が居る座敷に入れると、金五は追っかけるようにしてやってきた。

「何だ、十四郎は留守なのか」

金五はお登勢に苦い顔をしてみせたが、

「まあいい、話を聞こう」

金五は座って女を見た。

駆け込み人は、お登勢と金五に手をついて頭を下げると、

「私は亀井町で米屋を営んでおります『神田屋』の内儀でおみさと申します。夫は新兵衛と申しまして、先妻の倅が一人、舅は亡くなっていますが姑がおります。私はこの三年、米屋の内儀として努力して参りましたが、もう私には無理だと、辛抱できないと思いまして、それでこちらに離縁をお願いしたくて参りました。出来れば寺入りせずに離縁が叶いますよう、どうぞ夫とのとりなしをよろしくお願い致します」

おみさは淀みなく訴えて頭を下げた。

細面で目鼻立ちの整った女である。色も白く、だからといって華奢ではない。

江戸の米屋といえば小売が商売。米問屋から籾殻のついた米を仕入れて、その

米を舂いて白米にし、町の者たちに販売する。

奉公人は米を舂く者も含め、力のいる仕事だ。塩屋と米屋は男も女も体力が勝負。目の前にいるおみさという内儀は健康そうには見えるが、米屋の内儀にしては、肩も腰も細いのではないかとお登勢は思った。

ただ、背筋を伸ばした姿は凛として、決意は固いとみえる。

「おみささんでしたね。まず先に申し上げておきますが、この宿は寺入り出来る事情を抱えているかどうかを定める宿です。最初から寺入り無しでの離縁をと言われても、引き受けることは出来ません。寺入りせずに離縁が成立することはありますが、それは話し合いをした上でのことです」

お登勢は、厳しい顔で言った。最初から注文をつけるとは何事だと、お登勢はむっとしたのだ。

おみさは、はっとして、

「申し訳ございません。おっしゃる通りだと存じます」

神妙な顔で詫びを入れた。

お登勢は一呼吸置いてから、

「何が原因で離縁を望んでいるのですか……」

おみさの目を見た。おみさは一瞬戸惑ったような表情をみせたが、

「ひとことでは申せません。なにもかも私には無理だと分かったのです」

「それじゃあ答えになっていません。おみささん、慶光寺に駆け込んできたということは、余程のことがあったからだと私たちは考えます。その事情の説明が無ければ、この橘屋は寺入りの手助けは出来ません。たくさんの離縁に手を貸してきたからこそ言えるのですが、どのような家庭であろうと、夫婦が別れるということは、別れた夫婦はむろんのこと、家族の方々も心に大きな傷を受けてしまいます。ですから駆け込み人の訴えを聞き、また、ご亭主の気持ちや言い分も聞いて、その上で、よくよく吟味をして、寺入りを決しています。今おっしゃったような、抽象的な話で離縁に手を貸すことは出来ません」

お登勢の言葉に、おみさは口を閉じて俯いた。

その顔を見詰めながらお登勢は話す。

「離縁したいという原因が、相手にあるのではなく自身にある、身勝手な離縁願望の者もおりますからね……そのような方には、私たちは手を貸すことは致しません」

金五はお茶を飲みながら聞いている。

「あの……」

おみさは顔を上げた。そして、

「私、米屋の内儀として、自分なりに店を手伝って参りました。帳付けや算盤など出来ますので……でも、気苦労が多くて。つい近頃も昨年から米の高騰が続きまして、仕入れ値が高騰し、いろいろと腐心してみましたが、以前のようには利益は上がりません。私も自ら米問屋に掛け合いに参りましたが、こちらの言い分を聞いては貰えませんでした。そしたら姑に『いつさんなら、もっとうまく話をつけてきたのに』と、そのように言われました。いつという名の人は、亡くなった先妻のことです。私、その言葉で、やる気を無くしました。三年間張り詰めてきた心が萎えたのです」

おみさの言っていることに嘘はなさそうだった。

「では駆け込みの理由は、姑が原因だというのだな」

金五は訊いた。

「いえ、その……」

おみさは、もごもご言ってから、

「お姑さんのことが全てではございません。お姑さんはご立派な方です。神田屋を今のように大きくしたのはお姑さんとお舅さんの力です。お姑さんは私を熱心に導いて下さったのですが、私の力が及ばなかった、辛抱が足りなかったということです」

おみさの話は、やはりこねくりまわして理屈っぽい。

お登勢はため息をついたのち、

「それで、離縁の話はご夫婦でなさったのですか……それともなさらずにいらしたのですか」

思案の顔のおみさに尋ねる。

「話しました。でも、反対されました。それでこちらに参ったのです」

お登勢は、金五と顔を見合わせると、

「あなたの話だけお聞きして寺入りを決めることは出来ません。ご亭主にも話をお聞きします」

お登勢はおみさにそう告げると、金五の方を向いて頷き、同意を求めた。

金五は頷いて、お登勢の意に応えた。

するとお登勢は、文机の横に置いてある呼び鈴をとって振った。

つい先月、金五の妻千草が立ち寄った時に持ってきてくれたものだ。

ギヤマンの鈴で金箔（きんぱく）の花びらが一面に施されている美しい物だ。

「これだとお登勢さまが大きな声を張り上げなくても、皆様を呼ぶことが出来るでしょう」

千草はそう言って、ちりんちりんと涼やかな音を立ててみせたのだった。

「お呼びでしょうか」

すぐに、おたかが現れた。

「駆け込んでこられた、おみささんです。お部屋に案内して下さい」

お登勢はおたかに言いつけて、おみさを二階に案内させた。

それを待っていたように藤七が、

「どうご覧になりましたか。武家の出のように見えましたが……」

金五とお登勢の顔を窺う。

「うむ、確かにそうだ」

金五も相槌（あいづち）を打ち、

「何かを隠しているようだ。何時だったか、寺入りさせて離縁させた女が、三年経ってまた駆け込んできたことがあったな。俺たちは、駆け込んでくる女たちには非は無いという前提に立って決裁しているが、中にはしたたかな女もいて、本当に非があるのは女のほうだった、なんてこともある。お登勢殿、良く調べた方が良いぞ」

渋い顔をしてみせた。

「分かっています。番頭さん、早々にご亭主に当たってみて下さい」

お登勢も、おみさの態度に何か判然としないものを感じていた。

その日のうちに藤七は、出先から帰ってきた七之助と鶴吉を連れて亀井町の神田屋を訪ねた。

店の中から杵(きね)で米を舂く音が、どすんどすんと聞こえている。

「深川の橘屋の者だが、主に会いたい」

応対に出てきた手代に、藤七は大きな声で言った。

「旦那さまは仕入れ先に参りました。まもなく帰宅すると思いますのでお待ち下さいませ」

手代も大声で答え、三人を店の框(かまち)に座るよう勧めると、すぐにお茶を運んできた。

「賑やかですが、ご辛抱下さいませ」

手代は笑ってそう告げると、店の板の間に並んでいる大きな桶に入った舂米を、厚手の大きな布袋に枡で量って入れていく。

米の入った大きな桶は、店の中には十箇ほど並べられていて、それにはそれぞれの産地の札が立っている。産地別に桶に入れて販売しているのだった。

そして、広い土間には唐臼が三台並べてあって、舂き手が三人、それぞれの臼を舂いているのだった。

唐臼というのは米問屋から仕入れた殻付きの米を、白米にする精製用具のことである。

米を入れた臼を舂くのは、正月の餅を舂くような人力に頼るのではない。杵が付いた長い横木が天秤式になっていて、その横木の端っこを足で押すと、反対側に付いている杵が持ち上げられ、横木を押していた足を放すと、持ち上げられていた杵が臼に落ちて、米を精製する仕掛けだ。

設置した臼から反対側の踏み台まで伸びているこの横木は、一間半（約二・七メートル）ほどの長さがある。

それが三台も店の土間に設置されていて、屈強な男が三人、それぞれの台で休み無く横木を踏んでは杵を落とし、米を精製しているのだった。

すさまじいのはその音だ。どすんどすんと杵を臼に落とす度に大きな音を出すのだから、店の中は米を舂いている間はやかましい。

それでも妙に、この光景と音に心引かれるのはどういう訳か、藤七たち三人は飽きない顔で眺めていたが、藤七が近くにいた手代を呼んで、

「その臼で一度にいかほどの量が精米されるのかね」

大声で訊いた。

「はい、この臼は二斗ずつ精米しております」

手代はにこやかな顔で答えた。

「ほう、二斗ですか」

さらに感心の顔をしてみせると、

「だいたい七百回ほど舂けば糠が取れますので、一度米を取りだして金篩にかけて糠を取り除き、再び臼に入れて五、六百回舂きます。そしてもう一度取りだして篩いにかけ、糠を取り除き、ようやく白米が出来上がるのですが、上白と呼ばれる米については、もう一度臼に入れて舂きなおします」

手代は得意げに説明してくれた。

「しかし大変だなあ」

七之助が感心すると、

「はい、米屋は米を舂く者たちのよしあしが、店の繁盛を左右致します。横木を使う力の加減が良くないと、米粒を割ってしまって売り物にはなりませんから」

丁寧な説明をしていた手代が、ふっと顔を外に向けると、

「あっ、主が帰ってまいりました」

藤七たちに告げた。

視線を店の外にやると、四十前後の主が手代一人を供にして帰ってきた。

主は見知らぬ顔の藤七たちを見て、

「この方たちは？」

手代の顔を見た。

「縁切り寺の公事宿（くじやど）、橘屋の者でございます」

藤七の言葉に、主はあっとした顔をし、硬い表情で頷いた。

すぐに三人は、店の奥の座敷に通された。

しばらく杵を舂くのは止めるよう主が言いつけたので、驚くほど店は静かになっている。

「やはり橘屋さんに……妻は何を考えているのやら」

新兵衛は三人を前にして座ると、深いため息をついた。

「おみささんは、もうこれ以上、この店の内儀として務められないと、そのように言って駆け込んできたのですが」

藤七がそう告げた時、初老の女がお茶を運んできて、

「深川の、駆け込み人を預かる橘屋さんでございますね」

藤七に問いかけてきた。

白髪を結い上げた髷、顔に皺は目立つが、しゃっきりとしている。この店の先代の内儀、おみさの姑だと、すぐに察しがついた。

「はい、橘屋の者です。お内儀が本日昼前に慶光寺に駆け込んで参りまして、それでこちらの話も伺（うかが）いたくて参りました」

「やはり……」

と、老女は顔を曇らせて、

「今朝から様子がおかしかったのです。私も案じていたのですが、新兵衛さん、困ったことになりましたね。まさか縁切り寺に駆け込むなんて……おまえさんはその話を聞いていたのかえ」

新兵衛に訊く。

「私の母です。きのと申します」

新兵衛は藤七たちに紹介してから、

「おっかさん、確かに昨夜、別れたいなどという話をしてきましたが、私はきっぱりと、それは出来ない、そう言ったのです。驚きましたよ、別れなくてはならない程の理由がどこにあるのか……だから、おっかさんは心配しないで」

母親のおきのを慰めるように言った。

「でもねえ、女は日々不満を心にためていくことだってありますからね」

「心当たりがあるのですか、おっかさんは……」

今度は新兵衛が、不安な顔で母親を見る。

「無い訳ではありません。この店を繁盛させるためには、女房の手助けがまだまだ必要です。店を大きくしてもらいたい、その一心であの人にあれこれ注文を付けました。この母の口出しが過ぎたのかもしれません」

おきのは困惑顔だ。

「おっかさん、それについてはご心配なく。おみさは、おっかさんが何かにつけて教えて下さることを有り難い、などと言っていたくらいです。そりゃあ、おっかさんが言うようにはうまくいかなくて、しょげていることはありましたが、おっかさんに怒りや不満を持っているようには思えませんでした。そんな理由で駆け込んだのではないと思います」

新兵衛は母を慰める。

「じゃあ孫の仙太郎の躾のことかしら」

おきのは首を捻る。

「おっかさん、心配しないで……」

強い口調で母を制するが、新兵衛はやはり動揺している。

「だってあの子もやんちゃになって、言うことをきかない時がありますからね。新兵衛さん、とにかく、おみささんがここに戻ってきてくれるような、そのような話にして下さいね」

おきのはそう告げると、藤七たちに一礼して引き揚げていった。

新兵衛は改めて藤七たちに向いた。

「ご覧の通りです。私たちも困惑しています。家を出て行く理由が見当たりません。そりゃあ、暮らしていれば、どこの家にだって、家族に対して苛立ちや怒りがふっと芽生えることはあるでしょうが、おみさがそんなことで駆け込むなんて理解できません」

「お祭しします。私どもも、お内儀の駆け込み理由が、どうもはっきりとしないものですから、いったい何があったのか、ご亭主に何か心当たりがあるんじゃないかと思いましてね」

藤七は、新兵衛の顔をじっと見詰めた。

「さあ……」

新兵衛は困惑しきりだ。

「何時から態度がおかしくなったか、それはどうですか？」

重ねて訊いてみると、

「そういえば、得意先に夜逃げされたことがございまして。それで不安に思ったのか、祈禱師に店の安泰を祈ってもらうのだと出かけたことがございます。その頃からですかね。時々怖い顔をして、沈んで考え事をしているのを見かけました」

新兵衛は言った。

「ほう、祈禱師とは。ひょっとして宗拓とかいう……」

「そう、それです。まさか祈禱師のところで何かあった訳ではないでしょうが、そのうちに毎日家を空けるようになりまして。祈禱師のところに行っているのかと尋ねましたが、それはきっぱりと否定しました。それなら何処に行っているのかと訊きましたところ、口を噤んで話してはくれませんでした。様子がおかしいなと思っていたんですが……」

新兵衛は困惑しきりだ。

「確かに妙な話ではありますな」

藤七も、このような話を聞いたのは初めてだった。

しばらく思案の沈黙が続いた。すると七之助が言った。

「実家で何かあったというようなことはありませんか」

「いえ、おみさには実家はありませんから」

新兵衛は即座に答える。

「実家がないとは？」

藤七は聞き返す。

「馬喰町の裏店で一人暮らしをしていた人なんです。ある日のことです、私は得意先まわりの帰りに、蹲って腹を押さえているおみさに出会いました。声を掛けましたところ、痛みがあるというので、すぐに知り合いの医者のところに連れていって診て貰ったんです。まあ、そのことがきっかけで親しくなったんです。丁度、前の女房を亡くしてから三年が経った頃だったものですから、一緒になってくれないかと私が申し入れました。おみさは何か存念がある様子でしたが、しばらくして決心してくれまして、その承諾を貰った時に聞いた話では、おみさは武家の出であると……」

「武家の出……」

藤七は聞き返しながら頷いた。橋屋に駆け込んできた時から、言動のふしぶしに感じていたことだ。

「ただ、それは昔の話で、今は両親も兄弟もいない。自分は孤独の身で、武家とは関係のない者だと言っていましたから」

新兵衛の話に嘘偽りはないと思った。

四

橋屋の庭には、無数の虫の音が寂々（じゃくじゃく）とした闇の中で姦（かしま）しい。

その声を耳朶（じだ）に捉えながら、居間には十四郎、お登勢、藤七、七之助に鶴吉、そして万吉まで勢揃いして座っている。

今日駆け込んできた、おみさについての話し合いである。

まずお登勢が駆け込んできた際のおみさの話を皆に告げ、その次に藤七が神田屋新兵衛から聞いた話を皆に告げた。

その話の中で、おみさが祈禱師の宗拓の所に行っていたことは、十四郎やお登勢を驚かせ、また不安も感じさせていた。

「いやはや、こんなに納得のいかない話は、私も初めてです。何が原因で駆け込んできたのかよく分かりません」

藤七はため息をつく。

「ここにおみささんを呼んで来てくれ」

十四郎は万吉に命じた。

まもなく二階からおみさが下りてきて、皆の前に座った。

「おみさと申します。よろしくお願い致します」

手をついて顔を上げたおみさは、

「あっ」

声を上げて十四郎を見た。十四郎も驚いて、

「そなたは道場に通ってきている……」

おみさの驚愕した顔を見た。

二人の驚いた様子に、お登勢たちも何事かとおみさを見、十四郎を見た。

「皆にも一度話したことがあったろう。稽古に熱心な女剣士の話を……」

十四郎がお登勢たちを見回すと、

「申し訳ございません。まさか、この宿が道場の先生の宿とは知らずに……」

おみさは、小さく頭を下げて立ち上がった。

「どうするのだ、神田屋に帰るのか？」

十四郎は、この場から逃げだそうとしているおみさを見上げて、

「いいから座りなさい。何故ここに駆け込んできたのか……何故剣術の稽古に励んでいたのか、話してみなさい」

厳しく問いかける。

駆け込み人に話すというより、道場の門弟に話す口調になっている。

おみさは、観念して座る。だが、顔を上げられずに俯いた。十四郎はその顔に、

「この橘屋だけでなく一心館の主として尋ねたい。離縁を望むことと、剣術に励んだことは、無関係ではない……そうなんだな？」

「……」

おみさは、顔も上げず、口も貝のように閉じている。

「おみささん、皆案じているのですよ。咎めているのではありません。まして旦那さまは一心館の主、弟子として入門しているあなたがどのような事情を抱えているのか尋ねているのです」

お登勢が促す。

おみさの表情は、ちらっと動いたが、まだ告白の決心はついていないようだ。

お登勢は、更に厳しい口調で問いかける。

「ご亭主の新兵衛さんの話では、あなたはもと武家の出だと伺っています。しかしそれならば、剣術の師として夫が尋ねていることに無言をつらぬくことは、師弟の道にもとるとは思いませんか？」

おみさは、はっとして顔を上げた。

「おみささん……余程の決心をして駆け込んでいらしたのでしょう？」

再度のお登勢の呼びかけに、

「申し訳ございません。お話しします。私は姑や夫に不満があって駆け込んだのではございません。離縁をしていただかなければ、神田屋に迷惑を掛けることになる。そう考えての駆け込みでした」

おみさは、まずそう口火を切ると、

「道場に通っていたのは、諦めていた兄の敵を討つためです。先生や師範代の方には、そのこと、申し上げることはできませんでした。告白すれば女だてらにと引き留められる。家族にも知られて計画は頓挫する。そのように考えまして、どなたにも心の内を明かすことはできませんでした。申し訳ございませんでした」

十四郎に頭を下げた。

「敵討ちか……諦めていたのに俄に討つ気になったというのか」

十四郎は聞き返す。

「見失っていた敵を見つけたのです」

きっと十四郎の顔を見返した。

「おみささん、ご亭主の話では、宗拓のところに祈禱を頼んだ時から様子がおかしくなったと言っていたが、兄上の敵と関係あるのですかな」

藤七が訊く。

おみさは、藤七に顔を向けて頷いた。

お登勢は驚いて、十四郎と顔を見合わす。

「私は信濃の佐久間藩三万石、納戸平役永井家の娘でした。兄弟は三人、長兄が市之進、次兄が圭次郎、そして私美冴の三人です。母が亡くなり、父も亡くなって、家督を継いだ兄市之進に何ごともなければ、私もいずれどこかに嫁ぎ、平凡な幸せを得ることが出来たと思います。ところが……」

想像したこともなかった不幸に襲われたのだとおみさは話し始める。

それは今から七年前のこと、長兄が父の跡を継いで納戸役に就いて二年目、同輩の山崎郡兵衛から金を貸してほしいと頼まれたのだ。

この一件を説明する前に、当時の藩庁の台所の話をしなくてはいけないが、藩庁はここ数年、藩の財政が逼迫し、商人から借りた借金が石高の半分ちかくにも膨れあがっていた。

節約倹約を国是として再興を図ることになり、まず藩士の扶持米、知行が標的にされたのだ。

扶持米、知行の三分の一を藩が借り上げることになったのである。名目上は借り上げるとなっているが、取り上げるのに等しいことは皆分かっている。

上士の場合は、三分の一を取り上げられても、なんとかやりくりできるだろうが、おみさの家や、山崎郡兵衛の家などは、即刻家計は苦しくなった。

ただ永井家は、おみさの母が呉服問屋の娘で、実家が常々賄い金として補塡してくれていたことから、同じ納戸役の者たちよりは融通が利いた。

おみさの母が亡くなっても、実家の呉服問屋は孫のために、賄い金を渡してくれていたのである。

このことを山崎郡兵衛は知っていた。そこで自身の母が病に臥せっていることを理由に、薬代と称して兄の市之進に、借金を申し込んだのだ。

兄の市之進は、それに応じて、当座の薬代として金三両を貸してやった。

ところが、母親が亡くなったあとも、山崎郡兵衛は一文も返してはくれなかったのだ。

このままでは踏み倒されると思った市之進は、

「あの金は母の実家が、孫の美冴の嫁入りのためにと渡してくれたものだ。たとえ一朱ずつでも返してほしい」

と郡兵衛に申し入れたのだ。すると郡兵衛は、

「母が亡くなってから、まだ心の傷も癒えぬのに、町の高利貸しのような口を利くな」

たいそうな剣幕で、市之進を「人でなし」などと罵倒したのだ。これには市之進もかっとなって言い合いになったらしい。当日の七ツの下城してきた市之進が待ち伏せされ、不意打ちで殺されたのは、ことだった。

兄が殺されたことを知った次兄の圭次郎は、その日のうちに出奔した郡兵衛を追って、自身も国を出たのだった。

この時、圭次郎は十八歳、美冴は十五歳だった。敵を討つまでは家禄は召し上げだ。美冴は母の実家の呉服問屋で暮らすことになる。

ところが、次兄の圭次郎が国を出てから三年目、この江戸の地で郡兵衛に返り討ちに遭ったことが知らされる。

美冴は呉服問屋の伯父の言葉を撥ね除けて、次兄の圭次郎が殺された、この江戸に出て来たのだった。

だが、美冴は敵の郡兵衛に巡り会うことはなかった。

第一、巡り会ったところで、女の美冴が敵を討っても、もう藩に帰ってお家再興とはならぬ筈。だんだんと気持ちが萎えていた時に、巡り会ったのが新兵衛だったのだ。

「私は神田屋の内儀として生きることを選択したのです。ところが三か月前に神田屋の繁盛を願って祈禱師にお祈りを頼みに参りました時に、私は心の臓が止まる思いでした。宗拓は、姿を変えた郡兵衛だったのです。敵と分かる男を目の前にして、一矢も報いることが出来ないならば、殺された二人の兄があの世でどれほど嘆くだろうかと……私は、兄二人の敵を討つと、その折決心したのです」

おみさは話し終えると、きっと十四郎の顔を見て、

「どうか、新兵衛さんとの離縁が叶いますよう、お力をお貸し下さいませ」

深く頭を下げて手をついた。

五

「ふむ、離縁が成立すれば敵討ちが出来るということか」

金五は言った。その目は慶光寺の境内にある桜の木の手当てをしている、植木屋の作業を追っている。

慶光寺の敷地は一万坪もある。様々な木が植わっている訳だが、常日頃の管理をしなければ、無駄な枝が木々全体の景観を悪くするし、また虫食いや病気が発

生することもある。

今行っている手当ては、半月前に襲われた野分で、大きな枝が折れてぶら下がったので、それを取り除くためのものだった。

「厄介なことだ。寺入りはもう勧める訳にはいかぬが、宿での滞在を断れば、おそらく亭主のところには戻るまいて」

十四郎も、植木屋の手の動きを眺めながら言う。

「では、どこに行くというのだ？」

金五は十四郎の顔を見た。

「分からぬ。分からぬから、お引き取りをとは言えぬと、お登勢は言うのだ」

「女だてらにあっぱれと言っていいものかどうか……第一、剣の腕はどうなんだ。相手は兄二人を殺している男だぞ。太刀打ちできるのか？」

金五が言うのはもっともだ。

「俺は直接稽古をつけた訳ではないが、師範代を務めている二人の話では、男に負けぬほどの強い打ち込みはある。だが、それは道場の稽古でのことだ。真剣勝負なら、あの腕では心許ないと言っている」

「まったく厄介な話だな」

金五は舌打ちして、

「親方、庫裡(くり)の左手にある桜の木も見ておいてくれないか」

植木屋の主に言ったその時、同心鎮目と岡っ引の達蔵が門から入って来た。

「なんだなんだ、お前さんたちまで、ここは町奉行所ではないぞ」

金五は笑って二人を迎えた。

「いや、近くに来たものですから宿に寄ってみたんですよ。そしたらこちらに居ると聞いて……」

鎮目は境内を見渡して、

「美しい庭だ」

と呟いた。

「小間物屋の主を殺した下手人は、もう捕まえたのですか」

十四郎は鎮目の横顔に訊いた。鎮目は首を横に振って、

「いや、まだです。聞いたんですね、七之助と鶴吉から」

十四郎に向けた顔は苦々(にがにが)しい。苦戦を強いられているようだ。

「気になっているのだ。殺された小間物屋の主は祈禱師の宗拓のところに通っていたと聞いていています」

「怪しい奴ですよ。小間物屋の八兵衛は、何度も通っていたらしい。店が思うようにいかず、宗拓から店は悪霊に取り憑かれていると言われ、またその悪霊を取り除かなければ、さらに店は苦しくなるだろうと言われたそうです。そこで八兵衛は内儀と相談し、その悪霊を取り除くためにはどうしたら良いのかと尋ねたところ、宗拓の祈禱所に保管してある土を小間物屋の敷地の鬼門にまいて、特別の祈禱をすれば悪霊はただちに退散する筈だと言ったのだそうです。八兵衛夫婦は言われるままに、宗拓に頼んで、その土を鬼門にまき、祈禱をしてもらったものの、特別祈禱料は金十両もしたそうです。ところが、祈禱をしてもらっても、いっこうに店が勢いを取り戻すことはない。近頃では八兵衛は怒りを抑えることができず、宗拓に欺された、訴えてやるなどと声高に言っていたそうです。そして、あの殺された日のことですが、どこの者か分からないが使いがやってきて、八兵衛は新シ橋に向かったようです。これは内儀の証言で間違いないものと思われます。ただ問題は、使いの者が宗拓が寄越してきたものかどうか分かっていません。私は宗拓が寄越して来たのではないかと考えているんです」

探索の経過を話す鎮目は口惜しそうだ。

「鎮目殿、こっちも少し宗拓を調べたいと思っているところです。宗拓を敵討ちの相手だという者がいるのでな」

十四郎は言った。

「駆け込み人に関係あるんですか」

鎮目は驚いて訊く。

「まあそういうところです。なにしろお登勢も一度宗拓のところに行っているのですから」

「えっ、お内儀がですか」

達蔵はびっくりして、鎮目と顔を見合わせる。

「何、お登勢は頼まれて行ったんだが、怪しい男だと言っておった。宗拓は肩幅が広く筋肉質の男だとも言っていた」

十四郎は、お登勢が話してくれた、宗拓に抱いた印象を、鎮目と達蔵に話してやった。

「衣に香を焚きしめているんですか、嫌な野郎だねえ」

達蔵は吐き捨てたが、はっとなって、

「旦那、あっしは、おはなっていう婆さんに会ってきます」

鎮目に告げると、慌てて慶光寺を出て行った。

「鎮目殿、先ほど宗拓は駆け込み人の敵かもしれないと話したが、もしそうなら、奴は信濃国、佐久間藩の納戸役だった男で、山崎郡兵衛という名の筈です。鎮目さんの方で宗拓の昔のことなど、判明した時には教えてもらえぬか」

十四郎の言葉に鎮目は頷くと、

「むろんです。そちらでも何か分かったことがありましたら、是非教えていただきたい」

二人が頷き合ったその時、正門をくぐってくるお民とお幸の姿が見えた。

お幸が走ってきた。お民がそのうしろから追っかけてくる。

「おとうさま……」

十四郎は待ち受けて、走ってきたお幸を抱き上げた。

「お幸……」

その十四郎に、お民は顔を曇らせて言った。

「おみささんが宿を出ていったようです」

「何、何時のことだ」

「誰も気がつきませんでした。ですから、いつ出ていったのかは分かりません。部屋には、ご迷惑をおかけしましたという置き手紙が残っていたようです」

「まさか宗拓の祈禱所に斬り込むんじゃないだろうな。駆け込み人がそんなことをしてみろ。こちらも責任を問われる」

金五は苦い顔をしてみせた。


橋屋は慌ただしい雰囲気に包まれていた。

十四郎が橋屋に戻るまでに、お登勢は鶴吉を神田屋に走らせて、新兵衛にこのことを伝え、七之助には宗拓の家を偵察に走らせていた。

「これが、おみささんの置き手紙です」

お登勢は、十四郎の手に渡した。

半紙一枚に書かれた短い文章だった。

「ふむ……」

十四郎は黙読してから、

「みさは出奔、行方知れず、これより先は夫婦の縁は切っていただくよう夫に伝えていただきたく、などとあるが、敵を討つと言っても、それまでの間、いったいどこで暮らすというのだ。まさか、ここを出ていってすぐに、宗拓を襲うとは思えぬが……」

困惑した顔で置き手紙を置いた。その時だった。

「こんにちは……こんにちは」

玄関で声がしたと思ったら、お民がやってきて、

「お登勢さま、町駕籠に乗って男の子がやってきました。おっかさんに会いたいと言って……」

「神田屋さんの息子さんかしら」

お登勢は、十四郎と顔を見合わせると、すぐに立ち上がって玄関に出た。

七、八歳ほどの男の子が、不安な顔で玄関に立っていた。

お登勢の姿を見ると、

「おっかさんに会わせて下さい」

頭をぺこりと下げ、

「おいらは神田屋の倅で仙太郎と申します」

大人顔負けの挨拶をする。

お登勢は困った。どのような返事をすれば良いのかと戸惑いの目で仙太郎を見ると、

「おとっつぁんから、こちらに居るのだと聞きました」

きっとお登勢の顔を見返す。

「仙太郎さん、おっかさんはここにはいないのですよ」

お登勢は言ったが、仙太郎は、

「そんな筈はありません。何故こちらにいるのか手代から聞きました。おっかさんは、おとっつぁんと離縁するようだって……」

次第に悲しげな目の色に染まっていく。

「仙太郎さん……」

「何故そんなことになったのですか……教えて下さい。おとっつぁんとも、おばばとも、仲が良かったのに……」

仙太郎は今にも泣きそうだ。

「まだ離縁は決まった訳ではありませんよ」

「女将さん、きっとおいらのせいです。おいらが言うことをきかなかったからだと思います」

仙太郎は、一歩踏み出して訴える。

「いいえ、そんなことはありませんよ。仙太郎さんはよい子だと言っていましたよ」

「おいら、手習い塾で読むように言われて持って帰ってきた本を読まずに遊んでいて叱られました。他にもいろいろ、手代にわがままを言った時にも叱られました。おまえを支えてくれる大切な人なんだって……。おっかさんの気に入らないことばかりしてしまいました。だから、おいら、おいら、おっかさんに謝りたくて……」

仙太郎はとうとう泣き出した。

思い詰めてやってきたらしく、溢れる涙は止めどない。しゃくりあげて泣く。

お登勢は土間に下りて、仙太郎の背中を撫でながら、

「仙太郎さん、おっかさんがここにやってきたのは、仙太郎さんが言う事をきかなかったからではありませんよ。離縁の話も嘘ではありませんが、身体の調子が良くなかったからなんです。元気になるのを待ってあげましょうね。それに、今日はお医者さまのところにお出かけです。安心してお帰りなさい」

嘘を並べて、涙を拭いてやる。

すると奥から出てきたお幸が、つかつかと歩いて来ると、

「うちにはさくらっていう柴犬がいるのよ。私はお幸、さくらと遊んで行く?」

仙太郎に言った。

きょとんとしてお幸を見た涙目の仙太郎が、すぐに、こくんと頷いた。

お幸は嬉しそうな顔で土間に下りると、

「こっちよ、裏庭にいるのよ」

仙太郎の手を引っ張って裏庭に行こうとしたその時、

「仙太郎、お前はここに来ていたのか。おばばさまが捜していたぞ」

新兵衛が鶴吉と一緒にやって来たのだ。

仙太郎はこくんと頷くと、お幸と裏庭に向かった。

「すみません、倅までご迷惑をおかけして。あの子もおみさが恋しいんです」

切なげな新兵衛を、お登勢は居間に上げて置き手紙を見せた。

新兵衛は読み終えると、不安に彩られた顔を上げて、

「鶴吉さんがおみさがいなくなったことを知らせて下さったのですが、家には帰ってきていません。こんなことになるなら、離縁を承諾してやった方が良かったのかもしれませんが、私はおみさが背負っている荷は、一緒に背負ってやりたいと考えています。剣術が出来なくても、剣客を雇っておみさの敵討ちを助太刀することはできるのではないかと……」

新兵衛は、十四郎の顔を見た。

「ふむ、まずはお内儀を捜し出すことだ。そしてもうひとつ、宗拓が敵の山崎郡兵衛かどうかも確かめなければなりませんぞ。敵討ちの話はそれからだ」

十四郎の言葉に、新兵衛は力なく頷いた。おみさに敵討ちなどさせたくないのは皆同じだ。

勝ち目のないことが分かっている十四郎は、けっして敵討ちなど決行させてはならないと考えている。

裏庭からは、さくらを追いかけている、お幸と仙太郎の弾んだ声が聞こえてくる。

「新兵衛さん、おみささんは信濃国佐久間藩の方だったようですが、この江戸の藩邸に知り合いの方がいるというような話はお聞きになっていませんか」

お登勢が、ふっと思い出したような顔で尋ねた。

そう言えば……と新兵衛は空に視線を泳がせて記憶をたぐり寄せているようだったが、はっとして、

「国元にいた時に、同じ納戸役の娘で仲の良い友達がいたようですが、その友達が昨年、国元に暮らしていた姫君につきそって江戸に出て来たんだという話を聞いたような……一度、その友達から文が届いたのを私も見ています」

新兵衛は言った。

「その友達のお名前は？」

お登勢の目が促す。

「確か……野江さん、と言っていたような……」

新兵衛は名前には自信が無い様子だ。

「野江さんですね」

お登勢は呟き、十四郎を見遣った。

「とにかく、八方手を尽くしておみささんを捜し出すことが肝心だな」

十四郎は言った。

六

京橋にある蠟燭問屋『桑名屋』は、まだ哀しみに沈んでいた。

店は開けているが客足はまばらで、活気がなかった。

主の九右衛門がこのところ病の床についていたようだが、宗拓に祈禱をしてもらってから急に容体が悪くなって亡くなったという噂があった。

七之助と鶴吉は、縁切り寺の公事宿橋屋の者だと断りを入れ、内儀のおつたに宗拓の祈禱について話を聞かせてほしいと申し入れた。

おつたはすぐに店先に出て来てくれたが、顔には生気が無く、やつれた様子が伝わってきた。

「宗拓の何を聞きたいのでしょうか。昨日お役人の方にもお話ししましたが、私は宗拓を許しません。あの人が亭主を死なせたのです」

怒りが目の光に表れている。

「そうか、役人がここに……」

七之助は、鶴吉と視線を合わせた。

平永町の小間物屋の主が新シ橋の土手下で殺されたが、そのことで町奉行所があちらこちら調べているらしい。

宗拓が下手人でお縄になれば、おみさの敵討ちの話は流れる。捕縛された者を討つことは出来ないからだ。

おみさにとっては口惜しいことだろうが、危ない橋を渡らずに済む。おみさの命は安泰だ。

十四郎はそのために、宗拓の悪を洗い、町奉行所の捕縛を手助けしようとしているのだった。

「おかみさん、実は橘屋の親しい者が病に臥せっておりまして、宗拓に御祈禱を頼めば良くなるという噂を聞きました。ところがこちらの旦那が祈禱を頼んだことで病は悪化し、亡くなったと……いったい宗拓の祈禱とはどのようなものであったのか、教えていただけませんか」

鶴吉が尋ねると、内儀のおつたは険しい顔で、

「夫は半年前からお腹の調子が悪くて、かかりつけのお医者に診て貰ってお薬を飲んでいました。でも、ちっとも良くならなくて、私はお医者に夫の病はなんなのか訊きました。すると、御亭主には言えないが、悪い物がお腹に出来ているらしい。長く生きて二年、そう言われたのです」

そう言うと、思わず目頭を押さえた。だがすぐに息を整えて顔を上げると話を継いだ。

かかりつけの医者は、滋養のある物を食べ、高価だが高麗人参なども飲ませれば、もう少し長生き出来るかもしれない。今のところは、それしか方法が無いのだと言ったのだ。

おつたは一人で悩んだ。夫に病の重大さを悟られないようにしなければいけな

いと思えば思うほど、心は苦しかった。

だがそんなある日、夫は自身の病に疑問を持ったのか、或いは悟ったのか、宗拓という祈禱師に一度頼んでみてほしいと言うのだった。

誰がそんな話を夫に知らせたのかは分からないが、おそらく見舞客の誰かから祈禱の話を聞いたのだろう。

おつたはすぐに、宗拓に祈禱を頼んだ。夫の願う治療は、どんなことでもやってあげたい、そう思ったのだ。

「橘屋さん……」

そこまで話すと、おつたは話をいったん切って、

「夫は入婿だったんです。ですから私の両親に仕え、気遣いは怠りなく、店の中では私を常にたてて、この大きな店を営んできたんです。嫁した女が舅姑で苦労するのと同じく、あの人も苦労の連続だったに違いありません。ですから夫には、どのような治療でも効くというのならしてあげたい、それが私の感謝の気持ちだと思っていました。だから、夫が祈禱を頼みたいというのならと、すぐに頼んでみた訳です」

すると、宗拓がやってきて言うのには、

「滋養のある物を食べては駄目だ。高麗人参なんてもってのほか。それが病を悪化させている。食事は粥と梅干しのみ。それと、私の知り合いの医者が出す薬を飲んでもらう。この病の元は、ご先祖の供養をないがしろにした報いだ。だから祈禱は毎日続けねばなるまい」

これまで診てもらっていた医者とは、まったく違った治療法を勧めたのだ。おつたは迷った。今だって体力が無くて、雪隠に行く時には、おつたか店の者が支えながらついて行っている。歩くのに難儀だからだ。

宗拓の指導に、おつたが困惑した顔をすると、

「私の言う通りにしなければ、病は治らぬがそれでもよいのか」

脅しを掛けてくるのだった。

心の進まぬままに、宗拓の言う通りに食事は粥と梅干しにしたのだが、一か月が経った頃には、夫の体力が一層衰えているのを知って愕然とした。

このひと月で、特別祈禱料として一日一両納め続けているのに、夫の顔には生気がまったく見られない。

おつたは、再びかかりつけの医者に相談した。そして宗拓が勧めてくれた医者の薬も見せた。

「その薬は、小麦の粉だったのです」

おつたは、口惜しそうに言った。

再び滋養のある物を食べてもらおうと思ったのだが、もう既に遅く、口に入れても吐き出す始末で、

「もういい。おつた、世話になった。ありがとよ」

夫は別れの言葉を告げて亡くなったのだ。

「夫の寿命を縮めたのは、あの男です。でも、この悔しさをどうやってあの男に分からせるか、何も出来ずに……」

おつたは涙を零す。

「きっと報いを受ける筈……おかみさん、どうぞお身体をお大事に……」

七之助は慰めるのだった。

一方、藤七と万吉はこの頃、祈禱師宗拓の家を見張っていた。

おみさが敵討ちに現れるかもしれない。それを止めるよう十四郎から命じられていた。

この日は、午前中にやって来た客は五人、午後になって三人を見届けている。

「本当に敵討ちをやるつもりなんですかね」

万吉は大あくびをして首をぐるぐると回した。朝からずっと見張りをしていて、若い万吉にはひとところで見張るのは苦行（くぎょう）のようだ。

「きっと来る。今日ではないかもしれないが、おみささんは諦めてはいないからな。万吉、ようく覚えておくんだ。橘屋は、そこいらにある旅籠ではないんだ。駆け込み寺の公事宿という役目を背負っている。時には命の危険すら覚えるような調べもあるが、根気よく足を運び、調べた結果が、駆け込み人のこの先を左右するのだと思うと、苦労は多いがやりがいのある仕事だ。あくびなんかしている場合ではない」

藤七は、視線の先に見える宗拓の家の玄関を睨みながら言った。

「分かってますよ、番頭さん。私はお登勢さまに拾われたお陰で、このような仕事が出来ることを有り難く思っていますよ。おっかさんのような方だと言ったら、そんな歳ではないとお登勢さまに叱られるかもしれませんが、私はお登勢さまを母のように思っています」

万吉の言葉に、藤七は満足げだ。

「それを聞いて安心した。これからはおまえや七之助や鶴吉が橘屋を支えていくんだ。私もいつまで頑張れるか分からないが、すくなくとも三人が立派に十四郎さまとお登勢さまの手足となって働けるようになるまでは頑張らねばと思っている」

万吉はそれを聞いて、くっくっと笑って、

「番頭さん、番頭さんはずっと、歳は取っても、私たちを叱咤していると思いますよ。長生きもしそうですから。だって、憎まれっ子世に憚るって言いますからね」

遠慮の無い顔で藤七を見た。

「こいつ」

藤七が万吉の頭を、こつんとやったその時だった。

大股に地を踏んで侍がやってきた。足の運びに怒りが見える。

「なんだろ、あれは……」

万吉が呟いて、藤七も侍を見る。

侍は格子戸を乱暴に開けると、一間半ほどの距離の飛び石を踏み、玄関の前に立ち止まると大声を上げた。

「出て来い、宗拓！……まやかしの祈禱師め！」

するとと若い男が二人出て来た。強面の顔で身体からにじみ出ている雰囲気は陰険だ。

「宗拓を出せ！……弟子に用は無い」

侍は怒鳴る。

「先生はただいまお出かけだ。用件はなんだ」

威嚇するような物言いだ。

「貴様、居留守を使うのか」

無理矢理中に入ろうとする侍を、若い二人の弟子は力尽くで押し返して、

「乱暴なことをすれば、どうなるか知らねえぜ。先生を侮辱することは土御門家を侮辱するのに等しいってことを忘れたのか」

鼻で笑った。

「くっ……」

侍は刀に手をやるが、

「抜けるものなら抜いてみろ。宗拓先生の師はお公家さまだぞ。どんな罰が下るか見てやろう。命が惜しくねえようだからな」

弟子の二人は、懐に手を遣った。

「匕首だ」

万吉が呟く。藤七の目も、二人は懐に匕首を呑んでいるのだと見た。

案じて見守っている藤七と万吉の視線の先で、侍は次第に二人に押されて、ついには格子戸から外に突き出された。

「ふん」

弟子の二人は不敵に笑い合うと格子戸を乱暴に閉めて家の中に入っていった。

侍はしばらく呆然として立っていたが、踵を返してよろよろと帰っていった。

「何があったんですかね」

万吉が言ったその時、藤七の肩をぽんと叩いた者がいる。

「橘屋さんが何故宗拓を張っているんですかね」

そこにいたのは、よみうり屋『万字屋』の店主、おれんという女だった。

「おれんさんもなぜここに？」

藤七が苦笑して聞き返す。

「この間、小間物屋の旦那が殺されたでしょう。私はいつかこんなことになるんじゃないかと見ていたんですよ。そしたら、いよいよ町奉行所が動き出した。だから目を光らせていたんです」

「そうですか。こちらも駆け込み人の一件で、こうして宗拓の動きを見張っているんです。どんな人間なのかと思いましてね」

藤七がそう答えると、おれんはふんと鼻をならし、

「悪党ですよ、あの男は……先ほどのお侍さんだって欺されたことが分かって押しかけてきたんだと思いますよ」

そう言って笑った。

「おれんさん、宗拓について、分かっていることを話してもらえませんか」

藤七は苦笑して片手で拝む。

その所作が若い衆のようにはにかんで見えて、万吉はおやっと思う。これまで見たこともない藤七の一面を見たように思った。

「いいわよ」

おれんもすぐさま、

「この世は持ちつ持たれつ、橘屋の番頭さんに教えない訳にはいかないわね。だって、十四郎さまに喜んでいただきたいもの。番頭さん、そのかわり、おごって下さる？」

おれんは、すぐ近くにある店を指した。甘酒の旗がはためいている。

「お安い御用だ」

藤七は笑って言った。

七

「それで、甘酒屋で話を聞いたのですが、下谷に住まう小普請組の梨田という三百五十石の旗本が、なんとしても役につきたい。そこで宗拓のところに行って鑑てもらったらしい。すると宗拓から様々な指示が出たというんです」

十四郎とお登勢、それに七之助と鶴吉まで皆揃ったところで、藤七は、万字屋のおれんから話を聞くことができたのだと告げた。

「ふむ、無理難題を言われたんだな」

十四郎は言った。

「そうです。おれんさんの話によれば……宗拓が旗本梨田に出した指示というのは、今住んでいる屋敷を建てるときに、地鎮祭をやっていなかったのではないか。汚れた土地にそのまま屋敷を建てたようだ。その汚れを取り除けばお役が貰える。そう言って指示したのは……」

宗拓が指定した男に、吉方から土を運ばせて敷地に撒けば良いとのこと。梨田は言われるままに、なけなしの金を使って土を運ばせ、屋敷に撒いたが、半年経っても上役からはなんの沙汰もない。

そこで欺されたと気付いて訴えようとしたのだが、土御門家の名を出して脅され、泣き寝入りをしたというのだった。

「我ら二人が調べてきた平永町の八兵衛の話と良く似ているな」

鶴吉が言う。

「他にも、厄を逃れるために方違えを勧められて、言われた通りにしてみたが、御利益はなかったと嘆く者がいた。そのまやかしの証拠は握っていると言っていました」

藤七は、お登勢を、そして十四郎を見た。

「方違えですか、そう言われれば、大概の人が従うでしょうね」

お登勢は苦い顔をした。

方違えとは、例えば凶方位への引っ越しを避けるために、一度別の方向に引っ越しをし、そこから凶方位と言われた所に引っ越せば、厄は逃れられるというものだ。

これは多くの祈禱師や易者などが勧める話ではあるが、宗拓はこれによって法外な金を取っており、しかも御利益が無いということになれば、苦情や怒りを放つ者も出てくるというものだ。

「おれんさんは、宗拓に欺された人は一人や二人ではない、大勢いると言っていました」

藤七は、宗拓には祈禱師の力などないのではないか、本当に修行しているのか疑わしいと付け加える。

「いわしの頭も信心からというからな。彦左のように気分だけでも良くなれば、有り難いと思う者も出てくるだろうし……」

十四郎は腕を組んでため息をつく。宗拓の祈禱を詐欺だと証明するのは難しい。

「詐欺だと訴えることができるのは、土御門家から本当に許可を貰っているのかどうか……」

お登勢が呟く。

そこに達蔵が帰ってきた。

「達蔵親分が面白い話を聞いてきたようです」

七之助が達蔵に座を勧めて促すと、

「へい。この話、十四郎の旦那は七之助たちに聞いていると思いますが、この間の新シ橋での殺しの一件です。二人組が土手下から慌てて上がってきて逃げ去ったのを見た婆さんがいるのですが、その婆さんの話によれば、二人の男が逃げていった時、ぷうんと良い匂いがしたというんです」

お登勢の顔が一瞬険しくなった。

「あっしはお登勢さまが、宗拓が衣に香を焚きしめているとおっしゃっていたことを思いだしやしてね、ピンと来たんです。それで婆さんに会いに行ってきたって訳です。殺された旦那も宗拓のところに足繁く通っていたということは分かっていやす。あっしは、宗拓が八兵衛殺しの下手人だってことはあり得る、そう思っています」

達蔵の話をじっとお登勢は聞いていたが、

「達蔵さん、そのお婆さんですが、下手人の一人は総髪だったと言っていましたね」

念を押す。

「へい。婆さんはそう言っていやした」

「私が会った宗拓も、烏帽子（えぼし）は被っておりましたが、烏帽子の下は総髪でした。

髷は結っていなかった。肩までの長さで揃えていましたから、あれは紛れもなく総髪でした」

「ちくしょう、とんでもねえ輩ですよ。今に見てろってんだ」

達蔵が啖呵を切ったところに、おたかがお民とお茶を運んできた。

「すみません、遅くなりました。お客様へのお食事でどたばたしておりまして」

おたかがお民とお茶を配り始めたその時、誰かの腹が鳴った。達蔵の腹だった。

お登勢はくすくす笑って、

「おたかさん、達蔵さんのお膳も用意して下さいね」

引き揚げようと立ち上がったおたかに言った。

「はい、承知しています」

おたかは笑って返すと、

「そんな、あっしまで……あっしは婆さんから聞いた話を、こちらにも伝えておかなくてはと思っていたところ、ちょうど七之助と鶴吉に川端でばったり会ったものですから、それで寄せてもらっただけのことで」

もごもご達蔵は言って恐縮の体。

「親分さん、遠慮はいりません。お客様にお出しした余り物ですから、七之助たちと一緒にどうぞ」

　お登勢は達蔵を促して、

「あなたたちも親分さんと一緒に頂きなさい」

　七之助たち若い衆を居間の食事処に追いやった。

　お登勢の部屋には、お登勢と十四郎と藤七が残った。

「宗拓が身に纏っている香りと、婆さんが嗅いだ香りが同じかどうかは、まだ分からぬが、宗拓がうさんくさい人間だということは分かったな」

　十四郎が呟いて二人を見たその時、

「お嬢様、いけませんよ。まだお仕事中ですよ」

　お民の声が近づいてきた。

「お父さま！」

　お幸がさくらを抱いて部屋に走り込んできたと思ったら、十四郎の膝に座った。

「いけません」

　お登勢は睨むが、

「いいじゃないか、話は後だ。藤七、お前も先に食事を済ませてまいれ」

　十四郎は相好を崩している。

藤七は苦笑すると、お登勢に一礼して食事をする居間に向かった。

「お父さま、このさくらは偉いのよ。お幸が転んで足をすりむいて泣いていたら、くうんってやって来て、傷口を舐めてくれたの。それで痛くなくなったんだから。だからお父さま、さくらの首にうつくしい鈴をつけてやってもいい？」

お幸は甘えて父親の顔を仰ぎ見る。

「いいとも、何処で手に入るのだ？」

十四郎はお幸の頭を撫でながら、とろけるような目をして訊いている。

あんな目は私にだってしたことがない。

橘屋の主として駆け込み人のために奔走する姿からは、想像も出来ない親馬鹿の姿だ。

「駄目ねえ、甘やかしてばかり」

お登勢は苦笑する。

「だって旦那さまが何もかも忘れられるのは、お嬢さまを抱っこしている時ぐらいですもの」

お民は笑って言った。

翌日十四郎は、芝愛宕下にある佐久間藩の上屋敷を訪ね、野江という奥女中に面会したいと申し出た。

すると門番は、野江という奥女中はいないと言う。

「昨年国元から姫さまにつきそって、この江戸に出てきたと聞いている。確かめてくれぬか」

もう一度尋ねると、

「ああ、それなら中屋敷だな。中屋敷には昨年この江戸に国元から移られた珠姫さまが住んでいる。そちらに行って訊いてみてはどうか」

中間は中屋敷は麻布にあるのだと教えてくれた。

十四郎は礼を述べると、その足で麻布の中屋敷に向かった。

「珠姫さまのお供で、野江という奥の女中ですな」

中間は十四郎に聞き返した。

「そうだ、私は白河藩お抱えの一心館の道場主で塙十四郎と申す者。おみさという女子のことで尋ねたいことがある。一刻を争うのだ」

十四郎は緊急を要するのだと、険しい顔で言った。

中間は屋敷の中に走っていったが、まもなく戻ってきて、

「お会いすると言っている。こちらへ」

池のほとりにある屋根付きの休息所に案内してくれた。

屋根は茅葺きで全面開放された四畳半ほどの空間に、赤い毛氈を敷いた長椅子が二つ並んで据えてある。

入り口になっているところには『楽亭』という額がかかっていた。

この庭は奥の庭に接しているというから、若殿や姫君や女中たちが奥の庭を散策した折に、こちらの庭にも足を延ばし、ここで休憩できるようにしてあるのだろうと思った。

もと老中の楽翁こと松平定信が住む浴恩園には広大な庭と池があるが、この庭はそれに比べれば何分の一かと思われる広さだ。

だが、小さくまとまっていて景観は素晴らしい。

徳川幕府草創期の頃は、茶人でもあった大名の小堀遠州が手がけた美しい庭が多数あったということは誰もが知っている。それは優美で、気品のある美しい庭だと聞いている。

今眺めているこの庭は誰の作庭かは分からぬが、自然を模した木々の配置がされ、池のほとりにはススキが茂り、風が吹くとさやさやと音を立てている。飽きもせず眺められる庭だ。

　ひととき十四郎も、ぼんやりと庭に目を向けていると、まもなく美しい女が一人でやって来た。

「野江と申します。お話を伺います」

　十四郎と相対して座ると、まっすぐに十四郎を見た。

「塙十四郎と申す。道場主でもあるが、縁切り寺の公事宿の主でもある。まずは最初に確かめたいのだが、おみささんは野江殿を頼って、こちらに参ったのではないかと思いましてな」

　すると野江は神妙な顔で頷いた。

「やはりそうか……ではもうひとつお尋ねする。こちらにいるのですか、または別の場所に？」

　野江の視線を捉えると、

「私が安全な場所に匿（かくま）っております。行く当てもないようでしたから、何かあってはと案じまして」

　幼なじみに寄せる情が伝わってくる。

「いや、安心した。婚家を出て縁切りの公事宿に駆け込んできたのだが、離縁は難しいと思ったのか、宿に文ひとつを残して出て行ったのだ。亭主の話では、野江殿という幼なじみがいるとのこと。そこで、もしやと思ってここに来てみたのだ」

十四郎は、これまでの経緯をざっと野江に話し、

「道場に通ってきていたのも、婚家を出て離縁を望んだのも、すべて兄二人の敵を討つためと聞いている。それゆえ宿を出たと知ってはこちらも放ってはおけぬゆえ、宿の者総出で捜していた。兄の敵を討ちたいという気持ちは分かるが、あの腕では兄二人の命を奪った男を討てるとは思えぬ。返り討ちに遭うのが目に見えておる……これは稽古をつけていた師範代が言っている。そういうことでな、黙って見ている訳にはいかぬのだ」

十四郎の話を、野江は身じろぎもせずに聞いていたが、

「おっしゃる通りだと思います。ただ美冴さんには、美冴さんの複雑な事情があって、それに囚(とら)われているのだと思います」

「複雑な事情とは……」

十四郎は野江の顔をじっと見た。

「はい、美冴さんは兄上二人とは母親が違いましたから」

「何……」

十四郎は驚いて野江を見た。

「美冴さんは、お父上が外の人に産ませたお子でした。その人が美冴さんを産んですぐに亡くなられて、美冴さんは永井家に引き取られました。兄上二人の母上は呉服問屋から嫁してきた方でしたが、娘がいないこともあって、自身が産んだお子と同じように可愛がって育ててくれていたんです。どれほど可愛がっていたか、私も覚えています。春夏秋冬、美冴さんは母上のご実家の呉服問屋に連れて行ってもらって、美しい着物を選び、着せてもらっておりました。いつもお人形さんのような着物贅沢をしておりました。私などは羨ましく思ったものでした。ですから、美冴さんがご両親や兄上二人に思う恩の深さは格別のものがあるのです」

「なるほど……」

少し合点がいったと十四郎は思った。

「とは申しましても……」

野江は話を継いだ。

「私も美冴さんから話を伺いまして、敵討ちなど止めるよう引き留めました。でも、敵を討つことに凝り固まっていて、私もどうしてよいものか悩んでおりました。だって、一番の親友に危ない橋を渡ってほしくございませんもの」

顔には苦悩がにじみ出ている。

「野江殿の意向も分かってはくれなかったのですな」

「はい……」

野江は哀しげな顔で頷いた。

十四郎は庭に目を転じた。

さわさわとススキの音を聞いたからだ。秋の風が庭を横切っているのだった。

十四郎は視線を野江に戻して念を押す。

「こちらで厄介になっているのですな」

野江は頷いて、

「美冴さんは、橋屋さんを出て来たその足で、こちらに参ったようでございます。そして、敵討ちの日まで置いてほしいとおっしゃって……断ればどこに行くのか心配でした。それで、ご老女の松川さまに事情をお話し致しまして許可を頂き、今は奥の、女中たちの身内の者が訪ねて参った時に泊まる部屋で過ごしております。しかし、いつまでもという訳には……私も一介の姫さま付きの奥女中に過ぎません。これ以上の手助けは難しいと考えております」

困惑した顔で訴える。

「会わせていただけませぬか」

十四郎は言った。

野江の顔は迷っている。

「けっして無理矢理連れて帰るなどということは致さぬ」

十四郎は言葉を重ねる。

「確かに、このままではいけないことは分かっています。分かりました。ではここでお待ち下さいませ。連れて参ります」

野江は一礼すると、奥の方に向かった。

八

野江がおみさを連れて現れるまで、長い時間がかかった。

十四郎は辛抱強く待った。

途中で身分の低い女中が、

「野江さまから言いつかって参りました。どうぞ、お召し上がり下さいませ」

懐紙に落雁を載せ、煎茶を運んできて出してくれた。

深く礼をして引き返そうとした女中に、

「もし、お尋ねしたいことがある」

十四郎は引き留めて、

「野江殿は姫さま付きのお女中だとお聞きしているが、お役目は……」

女中に訊いてみた。

「はい、姫さま付きの右筆が今はお役目ですが、ご老女の松川さまからことの外信頼されていますので、末はお中老、ご老女と出世遊ばすのではないかと噂しております」

女中はそう告げて引き揚げていった。

おみさが野江と現れたのは、まもなくのことだった。

「心配していたぞ」

十四郎は、おみさの顔を見るなり言ったが、おみさは顔を俯けて野江と並んで十四郎と相対するように座った。

「みんな心配しているぞ。そなたにとって、今何が大切か、考えたことがあるのか」

「……」

おみさは小さく息をしただけだ。

「確かに兄二人が殺されたことは許せる話ではない。だが、そなたは女だ。敵を討ってもお家の再興は叶うまい」

「今更、家の再興など考えてはおりません」

おみさは顔を上げて即座に否定した。そして、

「ただ、山崎と会った以上、このまま放っておくことは出来ません」

十四郎をきっと見た。

数日の間に、おみさの顔から艶が消え、老いた女の乾燥した肌のようになっている。食事も喉を通らぬのか、少し痩せたなと十四郎は思った。

「間違いないのか……宗拓は間違いなく敵の山崎郡兵衛なのか」

十四郎の問いかけに、

「私はこの目で見ております。間違いございません。昔の髷とは違って、髪は総髪、祈禱師の衣をつけていましたが、あの男の顔は忘れる筈がございません」

おみさは、きっぱりと言う。すると野江も言った。

「美冴さんの家も私の家も、そして山崎郡兵衛も皆、納戸役の家柄です。納戸役は年に一度桜の会を催すことになっていまして、その時には家族総出で親交を温めておりました。女子供は、毎年この桜の会を心待ちにしたものです。集まるのが同じ納戸役の者ばかりですからなおさらです。桜の木の下で、お酒やお料理を頂きます。それで子供の私たちも他家の方々と顔を合わせますから、顔見知りになるのです」

間を置かず、またおみさが話す。

「山崎郡兵衛の顔は、子供の私たちから見れば、とても怖かったのを覚えています。眉間(みけん)に傷の痕(あと)があったんです。なんでも城下の道場で試合があった時に、眉間を一打され、その傷が残っているのだと、大人たちが話していたのを聞いていましたので、余計に気になって見ていたように思います」

「眉間に傷か……」

十四郎が呟くと、二人は頷き、おみさが続けて、

「今その傷は古傷になっていて、気を付けて見ないと染みと間違えてしまいます。私が祈禱所で会った時には、薄い紫状の痕になっていました」

「まてまて。そうなると、そなたが宗拓に祈禱を頼みに行った時に、宗拓の方も、

自分が殺した男の妹だと気付いているのではないのか」

十四郎は、俄に心配になってきていた。

「いえ、気付いていないようでした。桜の会で会ったのは今から十二年近くも前のこと。私はその時十三歳、お化粧もしておりません。あの男は、子供の頃の顔しか記憶にないのです。私が口にするのもなんですが、女は年齢とともにかなり顔立ちは変化しますし、お化粧で一段と見栄えは変わってきます。あの男が覚えている筈はございません。それが証拠に、私が護符を貰って帰ろうとした時に、商売繁盛を願うのならば、間を置かず、またこちらに参られよ。そう言ったのですから……」

おみさには、気付かれていないという自信があるようだった。

「しかし、その腕で勝てると思えぬ。返り討ちに遭うぞ」

十四郎が脅しても、

「刺し違える覚悟です」

おみさは声を荒らげる。

「馬鹿なことを……目先の感情で、なにもかも見えなくなっているとしか思えぬな。仮に刺し違えて宗拓を亡き者にしたとして、自身も命を奪われるのだ」

十四郎も厳しく返した。

「この世からあの男を抹殺した、それが大切なことだと思うのです」

おみさの心が反転することはなさそうだ。

野江は、はらはらして見ている。

「先生、私は既に刀も用意してあります。道具屋に頼んでいます。鎖帷子(くさりかたびら)も小袖の下に着込んだらよいかもしれないと考えましたが、それは止しました。重さで動きが制限されると分かったからです」

おみさの頭の中には、敵討ちを諦めるという選択肢はないようだった。

十四郎はため息をつく。

——この人には、もう何を言っても通じないのか……。

しばらく沈黙が続いた。

「自分勝手な、感情の激しい女だとお思いでしょうね。兄二人を亡くして、帰る国も家もなく、ひとりぼっちになって途方にくれていた私を助けてくれたのは新兵衛さんです。新兵衛さんと一緒になって、私は明日の御飯を考えずに過ごす暮らしになりました。その新兵衛さんの気持ちに逆らって家を出てきたのですから……」

おみさの言葉には、新兵衛への申し訳ない気持ちが表れている。

「そなたの二人の兄上も、妹に敵を討ってくれなどとは思ってはおるまい。それよりも、自分の分まで幸せになってほしいと思っている筈だ」

十四郎の言葉に、おみさの顔が悲しげに歪んでいく。十四郎は言葉を重ねる。

「この私にもしも妹がいたら、きっとそう思うだろう。自分たちのために危ない真似はしてほしくないからな」

「……」

「お家の存続を願う気持ちは分かるが、それならば、ご亭主との間に、永井家の血に繋がるお子をもうけることの方が賢明ではないのか……」

おみさは、じっと膝元を見詰めている。

「仙太郎という先妻のお子も、兄弟が生まれれば喜ぶのではないかな」

「美冴さん、私も同じ気持ちです」

野江も相槌を打つが、おみさの表情は硬いままだ。

「先日のことだ。仙太郎が橘屋にやってきた。そなたに会いたいと言ってな」

十四郎は、おみさの表情を読みながら話を継いだ。

「仙太郎は必死だったぞ。そなたが離縁を言い出したのは自分が言うことを聞かなかったからではないかと言ってな」

おみさは顔を上げて十四郎を見た。

「こうも言っていたな。そなたに謝りたいと……訴えながら泣いていた」

おみさの顔が今にも泣き出しそうに歪む。

「そなたを本当の母親と思って慕い、なんとか家に帰ってほしいとの一心で、仙太郎は一人で橘屋までやって来たのだ。一度母と子の契りを結んだのだ。そなたも自分の意を貫くのもよいが、敵を討つことに固執して家を出たことで、亭主の新兵衛さんも姑も、仙太郎までが哀しんでいる。もう少し神田屋の家族に思いをいたすべきではないのか……敵を討ちたい気持ちは分からないわけではないが、宗拓とかいうつまらぬ男のために、どうしてせっかく掴んだ幸せを棒にふるのだ」

「申し訳なく思っています。でも……」

おみさは袖で涙を拭ったが、敵討ちはもう止しますとは言わなかった。

十四郎は大きくため息をついてから立ち上がった。

「もう一度良く考えてみることだ」

おみさに言い、野江に黙礼すると休息所を後にした。

　この日、縁切り寺の慶光寺では、年に一度の健康観察が行われていた。医師は寺の主万寿院(まんじゅいん)の掛かり付け医の柳庵(りゅうあん)だ。

　現在、寺で修業している者は五人、その女たちを一人ずつ部屋に呼んで、体調に不良はないかを尋ね、脈や心の臓の鼓動、舌の具合などを診(み)、他に不具合があると訴えてきた者には診察をして薬も渡している。

「有り難いことです。あたしは婚家では下女のような扱いでした。腹が痛いと訴えても、薬も貰えず、姑は食事を抜けば治るだろうなどと酷いことを言うんですから……でもここに来て、万寿院さまは常々私たちの健康を気遣ってくれています。離縁を望んで寺で修業している者が、幸せですなんて言っては笑われるかもしれませんが、私のこれまでの人生で、今が一番穏やかに暮らせています」

　おつねという女は、手首を柳庵にあてがったままでしゃべりまくる。

「おつねさん、しゃべらないで。今先生が脈を診ているんですから」

　柳庵を手伝っている春月尼(しゅんげつに)に叱られて、おつねはくすりと笑って首を引っ込めた。

　見守っているお登勢は苦笑する。

「はい、おつねさんは異常なし」

おつねの脈を診終えると、記録を付けている春月尼に柳庵は言った。

「ちょっと待って下さいな。先生、私近頃、便秘で困っているんです」

おつねは、薬がほしいと手を合わせる。

「分かりました。ではお薬をお渡しします」

柳庵は持参してきた薬箱から、薬包を十箇ほど取りだして、薬袋に入れ、

「夜休む前に飲んで下さい」

おつねに渡した。

「はい、次の方」

春月尼が最後の女を呼び寄せた。

すると、筋骨逞しい男と見紛うような大女が、柳庵の前に座った。

おさだという女で、塩屋の女房だったが、亭主が外に女を作ったことで、ほとほと嫌気がさして、つい最近寺に入った。

「先生、私は塩屋の女房になってから、奉公人の男衆と同じように塩の入った俵を担いでいたんですよ。それなのに亭主は私のことを、お前はわしより強い身体をしている。お前を抱いていると男を抱いているようで、どうもしっくりこな

いんだ。だから外の女に目がいってしまったんだ。勘弁しろ、なんて申しましてね。私の苦労もそっちのけで、ちくしょう、許してやるものかと……」

悔しさ一杯のおさだだが、

「おさださん」

春月尼に注意をされて口を噤んだ。だがすぐに、

「塩の俵を担いだせいで、肩に瘤が出来ています。時々痛むんですが、診ていただけませんか」

おさだは、つるりと肩を出す。

健康そうな肌の色、筋肉質の肩が出てきたが、確かに肩には瘤が出来ていて、それが紫色になっている。

「ほんと、逞しい肩ですね」

柳庵は、ほほっと笑った。すると、おさだはきっと柳庵を見て、

「先生、笑い事ではありませんよ」

おさだは、むっとする。

「ほっほっ、確かに確かに、笑い事ではありませんね。ほんと、確かに酷いですね。よく頑張ったんですね。でも大丈夫。良い塗り薬を出しておきましょう」

柳庵は薬箱から、蛤の貝に入った塗り薬を出し、おさだの手に渡してやった。

ひととおり診察したところに、万寿院が現れた。

「柳庵殿、ご苦労様です」

紫の頭巾に、羽二重の白い小袖に黒染めの上着を纏った万寿院は、何年経とうが品のある美しさに変わりはない。

それもその筈だ。万寿院は先の将軍家治の側室だった人だ。将軍家治が亡くなった後、楽翁がこの縁切り寺の主に据えたのだった。

お登勢と柳庵が改まって膝を直して頭を下げると、万寿院は、

「そのままに。私に気遣いは無用です」

笑みを湛えて座った。

すぐに春月尼配下の尼僧が、お茶を運んできて引き下がると、万寿院はお登勢と柳庵に尋ねた。

「近頃巷では、祈禱師の宗拓という者の噂が話題になっていると聞いていますが、そなたたちは存じておろうの」

「はい、宗拓は駆け込み人が兄の敵と捜していた者で、橘屋もかかわっております。他人ごとではありません。今、手を尽くして身辺を調べているところです」

お登勢が報告すると、

「私もかかわっています」

柳庵が言った。

お登勢が意外な顔で柳庵を見ると、

「北町奉行所から頼まれて、宗拓が信者に施している薬を調べているんです。宗拓から勧められた薬を飲むようになってから病はますます重くなったとか、亡くなったとかいう話があまたあるようでして……」

「まあ、なんということでしょうか。それで……薬の成分は解明できたのですか」

万寿院の顔は強ばっている。

「はい。その薬と称する粉は、宗拓ご指定の松尾（まつお）とかいう米沢町（よねざわちょう）にいる医者が出しているのですが、まったく薬の『く』も知らない、藪（やぶ）医者どころか、インチキもインチキ、詐欺師でして、薬と言って出している粉は小麦粉や米粉でした」

「まことの話ですか……はっきりと小麦粉や米粉と分かったのですね」

顔を曇らせて万寿院は言った。するとお登勢が、

「柳庵さん、その医者、米沢町の松尾、でしたね」

柳庵に念を押した。

「はい、松尾は医者などではありませんよ。宗拓に言われるままに麦や米の粉を出しているんです。例えば病気快癒の場合、御祈禱を頼む金額によって段階があるようでして、並が護符だけ、一段上が護符と小麦粉の薬、もう一段上が護符と食事の制限と小麦粉の薬……まったく、そんなことで病がよくなる筈がありませんよ」

柳庵は怒っていた。珍しいことだった。やはり医者として許せない気持ちがあるのだと思われる。

万寿院はため息をついて言った。

「驚きました。私は近頃楽翁さまがお風邪で臥せっていると伺いましたので、御祈禱をしてもらえばお元気になられるかもしれないと思っていたのです」

「とんでもないことです、それは……まったく、御奉行所も何をしているのやら」

柳庵はお登勢に同意を促すように顔を向けた。すると、

「宗拓に祈禱を受けていた人が殺されたこともありまして、お役人は宗拓に疑いの目を向けています。調べてもいると思われます。ただ宗拓は、自分は土御門家

からお許しを頂いて御祈禱を生業としているなどと豪語しているようですから、なかなか町奉行所も祈禱所に踏み込むことが出来ず、難儀していると聞いています」

お登勢は言った。

万寿院はため息をつくと、

「お登勢、その土御門のこと、確かめる手立てはあるのですか。なんなら楽翁さまにお願いすれば、真偽のほど、すぐに分かりますよ」

放ってはおけないと思ったようだ。

「ありがとうございます。ただいま北町奉行に問い合わせておりますので、まもなく真相は分かると思います」

お登勢は言った。

九

七之助と鶴吉が、米沢町に住まいするインチキ医者松尾のところに向かったこの日、お登勢の姿は宗拓の祈禱所に向かっていた。

祈禱所が見える物陰には、藤七と万吉が張り付いていて、お登勢が近づくと、

「おみささんは現れてはいません」

藤七が報告した。

「宗拓は在宅ですね」

お登勢が玄関先に視線を走らせると、

「どこにも出かけていません。本日は朝から六人の客がやってきています。そのうち五人は祈禱を受けて帰りました。で、残っているのは一人」

藤七は言った。すると万吉が、

「宗拓の手下は三人いますが、その者たちも家の中です」

きりりとした目で報告する。やんちゃでお民と毎日喧嘩していた昔の万吉の姿ではない。

藤七について橋屋の若い衆としてひとつひとつ身についていっていることが、お登勢には不思議に思えるほどだ。

「宗拓は土御門家とはなんのかかわりもないことが分かりました。先ほど北町の松波さまから連絡があったのです」

だからこれまでのように宗拓に過剰な遠慮をする必要はなくなったのだとお登

勢は告げた。

北町の松波とは、吟味方（ぎんみかた）与力の松波孫一郎（まごいちろう）のことである。

お登勢や十四郎とは以前から役目を通り越した親密な関係で、時には協力し合って事件を解決してきている。

その松波の使いが橘屋にやってきて、宗拓はもぐりの祈禱師だと教えてくれたのだった。

「御奉行所は宗拓の騙（だま）しの手口をもう握っていて、捕縛も時間の問題になってきました。ですから私は、おみささんの敵かどうか、それをはっきりさせておきたくてやってきたのです」

「そういうことなら、私か万吉がお供しましょうか？」

案じ顔で藤七は言う。

お登勢は、ふふっと笑って、

「大丈夫……一人の方が、むこうも油断しますからね。私の態度が気に食わないと思っても、命まで取ることはないでしょう」

と言い置いて玄関に向かった。

はらはらして見送る藤七と万吉の視線を背に受けて、お登勢は宗拓の家の玄関に立ち、訪(おとな)いを入れた。

前回と同じく、お登勢は祈禱代を納めて祈禱所に入った。

ちょうどお客の女が、護符を胸に引き揚げていくところだった。

町家(まちや)の内儀のようだが、美しい女だった。

俯き加減に護符を抱いて引き揚げるとき、お登勢と目が合い、互いに黙礼したが、その女が乱れた髪を掻き上げて、そしてその手で慌てて襟をかき合わせるのを見て、お登勢は嫌な予感がした。

——宗拓は、祈禱と称して、いかがわしい行いをしているのではないか……。

そのために、あの強烈な薫香を纏っているのではないか。

また新たな疑惑が、お登勢の胸を走った。

「これはこれは、お待ちしておりましたぞ。お登勢さんだったな。ご心配の病人は良くなりましたかな」

烏帽子姿の宗拓は、お登勢を見ると、にこにこして出迎えた。

ぷ～んとまたあの強烈な香りが、お登勢の鼻を襲ってきた。

「はい、お陰様で……」

微笑んで返事をしたお登勢は、宗拓の顔をじっと見詰めた。

——ある……。

お登勢は、宗拓の眉間に、薄くなってはいるが、はっきりと紫状の傷痕を見た。

十四郎が先日野江とおみさから聞いてきた山崎の顔の特徴を、お登勢は確かめにやってきたのだった。

——間違いない……。

宗拓は、おみさの敵だと確信した。

宗拓の方は、見詰められたことで自分に好意があると思ったのか、

「さようか、良くなりましたか」

嬉しそうに頷くと、相好を崩してお登勢を見詰めた。

ねっとりとしたその目に、好色がはばかることなく広がっていくのをお登勢は知ってぞっとした。

「さあ……」

宗拓は、ねっとりした手で、お登勢の手を握ってきた。

お登勢は握られた手を、思わず引こうとした。気持ちが悪かったからだ。

だが宗拓の手は放すものかと、ぐいと力を入れている。

にやりとして宗拓は、お登勢の顔を見詰めながら、

「そなたは今後、祈禱代など納めずともよいのですぞ。いつでもここに来て、好きなだけ過ごしてくれればよい」

熱を帯びた声になり、

「私もその方が嬉しいのだ」

すっとお登勢の胸元にもう一方の手を入れようとした。だが、そこはお登勢だ。するりと身体を遠ざけて、その手を払い、

「何をなさいますか」

ぴしゃりと言った。

「おお、これはすまなかった。ついつい、そなたの美しさに、この宗拓、負けてしまいました」

はっはっと笑ってみせたが、すぐにくるりと背を向けて、祭壇の前に座った。

お登勢は宗拓の背中に言った。

「宗拓さん、あなたを敵と思う人に会いましてね。その方は、兄二人を宗拓さんに殺されたとおっしゃっているのです。その方の話では、あなたは、佐久間藩納戸役だった山崎郡兵衛」

宗拓は、微動だにせずに座っている。

「今申しました名に、覚えはございませんか？……山崎郡兵衛でないとすると、あなたの昔の名はなんと？」

突然、宗拓が声を上げて笑った。

そして、くるりとお登勢に向くと、

「そのような名は聞いたこともない。私は宗拓だ」

目をつり上げて言った。

「そうでしょうか。その眉間の傷痕は、お国の道場で受けた傷ではありませんか」

お登勢は畳みかける。

「無礼な女子め、もう帰れ！……私への侮辱は土御門家への侮辱。ただでは済みませぬぞ」

憤怒（ふんぬ）の顔で宗拓は声を荒らげた。

するとその声を聞きつけたか、すぐに手下三人が祈禱所に走ってきた。

「先生……」

手下の一人が伺いの声を上げる。

「この女を叩き出せ！」

お登勢は、あっという間に三人の男に両脇を摑まれ、玄関まで引きずられて、

「今度このようなことがあれば、命は無いぞ！」

お登勢は外に突き出された。

「あっ」

お登勢はたたらを踏んで転び掛けたが、かろうじて止まった。

「お登勢さま……なんと無茶なことを」

藤七は万吉と走り寄ってきた。

「番頭さん、おみささんの敵だと確信しました。あんな男の返り討ちに遭うなんて、知らぬ顔は出来ません」

お登勢は険しい顔で、宗拓の家を振り返った。


野江がお忍びで橘屋にやってきたのは、翌日の昼頃だった。

「旦那さまにお目にかかりたいのですが……」

紫の頭巾、小袖に広袖(ひろそで)の被布(ひふ)姿に、玄関に応対に出たおたかは慌てた。

その形(なり)は、どう見ても武家の屋敷に住まう女人(にょにん)の格好だったからだ。

おたかはすぐに、居間で客室に置く花を生けているお登勢に報告した。

「野江さまとおっしゃる武家の方が、旦那さまにお会いしたいと、ただいま玄関に参っております」

「まあ、それじゃあこちらにお通しして、旦那さまはお部屋ですから、こちらの部屋に来るようにお伝えして下さい」

お登勢は手にしていた桔梗(ききょう)の花を油紙の上に置くと、野江を迎えた。

「おかみさまのお登勢さまでございますね」

野江は手をついて、お登勢のことは十四郎から聞いている。自分は信濃国佐久間藩の奥女中だと告げ、

「美冴さんとは幼なじみ、無二の親友でございます」

顔を上げると、お登勢の顔をまっすぐに見た。

「これは野江殿……」

そこに十四郎もやってきて座った。

「お手紙を使いの者に持たせようかとも思ったのですが、直接会ってお話ししたほうが良いと存じまして……」

野江は言い、十四郎をまっすぐに見て、

「実は美冴さんが藩邸を今朝出て行きました」

案じ顔で言った。

「何、行く当てはないと言っていたではないか」

「はい、その通りですが、本日は馬喰町の宿に一泊し、旦那さまの新兵衛さんに別れの挨拶をして、明日、山崎郡兵衛と立ち合う、生死を決するのだと……」

「その、馬喰町の宿の名は？」

「分かりません。教えてくれませんでした」

「なんとも無謀な……」

十四郎は、苦々しい顔で言った。

「私は止めたんです。いえ、私だけではありません。昨日は老女の松川さまも引き留めてくださったのです。松川さまの言葉を美冴さんは神妙な顔で聞いていたので、それで敵討ちは止めるのだろうと思っていたのですが、今朝になって決心は変わってないことを知りました。美冴さんは、宗拓に果たし状を出したんです」

「すると、もうその果たし状は宗拓に届いていますね」

お登勢は言いながら、空しさを感じていた。

夫婦の縁を切る、または続けるよう助言するにしても、この仕事は人の心の奥深い機微に触れる仕事で容易なことではない。

十人に接すれば十通りの解決方法を探らなければならず、大変な仕事だが、最後には納得してくれる形で決着することが出来たなら、縁切り宿の者としては達成感もある。

だが今回の場合は、最初から歯車も合わず、おみさが勝手に出ていったことで手をこまねき、縁切り宿の難しさを味わっているのだった。

「ふうむ……」

十四郎は腕を組んだ。厄介なことになったなと思っている。

ただ、宗拓の祈禱師としての悪事は町奉行所も摑んでいる。殺しの一件も明るみになれば、即刻縄を掛けるだろう。

——そうなったら、敵討ちは出来ぬ。

思案している十四郎に、野江は手をついた。

「このようなことをお願いするのは心苦しく存じますが、美冴さんを助けていただけないでしょうか。検使としてお出向きいただき、美冴さんが命を落とさぬようお手を貸していただけないでしょうか」

十四郎は、じっと野江を見ていたが、

「場所と時間は？」

険しい顔で言った。すると野江は、

「柳原堤にある矢場です。時刻は明朝六ツ半（午前七時）です」

きっと見て言った。

「確かなのか」

十四郎は念を押す。

「はい。美冴さんが宗拓宛ての書状を誰かに頼んで届けてもらえないかと私に託したものですから、私、小者に託す前に中身を読みました」

「柳原堤か……」

「あの近くの柳森稲荷で、次兄の圭次郎さまが返り討ちに遭っているのです」

「何……」

驚く十四郎に、

「何卒よろしく……」

野江は深く頭を下げた。

お登勢は十四郎が、どのような返事をするのか見守っている。

十四郎は、頭を下げたまま顔を上げない野江に言った。

「分かった。橋屋としても知らぬ顔は出来ぬ。検使の役を引き受けよう」

「ありがとうございます」

野江が顔を上げたその時、七之助と鶴吉が医者の形をした男の首根っこを摑んで入ってきた。医者は旅姿だ。

「インチキ医者の松尾ですよ。江戸を出て行こうとしていたものですから、連れてきました。いずれ町方にお縄を掛けられるんでしょうが」

七之助は、松尾を押しつけるようにして座らせた。

「勘弁してくれ。俺は宗拓の言う通りにしただけだ」

松尾はふてくされた顔で言う。

「今更お前がなんと言おうと罪は逃れられぬ。命が惜しかったら、洗いざらい話すことだ」

十四郎は、松尾の側に来て睨みつけた。

「な、何を話せばよいのだ……」

「なにもかもだ。宗拓という男の名は山崎郡兵衛、敵持ちだ。それを知っていて奴と一緒になって人を欺していたのだな」

「や、奴とは桑名の宿で知り合ったのだ。敵持ちなんてことは知らなかったが、奴も浪人、俺も浪人、行く当てもなければ糊口を凌ぐ手立ても無い身だ。そこで思いついたのが祈禱師だったのだ」

「おまえたちのために、多くの人たちが酷い目に遭った」

「欺される方が悪いんじゃねえのか」

松尾はふてくされて笑った。

「何……」

十四郎は松尾の襟を摑むと、

「七之助、鶴吉、この男を番屋に突き出してこい。そして、すぐに鎮目さんに知らせろ」

睨みつけて言った。

十

その日の夕刻、新兵衛は一歩一歩足を踏みしめるようにして、旅籠が並ぶ馬喰町に入った。

実はその新兵衛を尾けている者がいた。七之助と鶴吉だった。

野江から、馬喰町の旅籠でおみさは新兵衛と会うようだ、と聞かされた十四郎とお登勢に、新兵衛を尾けて宿を確かめるよう命じられていたのである。

やがて新兵衛は、とある旅籠の前で足を止めた。

『丸本屋(まるもと)』とある。その看板を新兵衛は確かめてから中に入っていった。

追ってきた二人も、お客のふりをして、すいっと玄関に入った。

新兵衛が女中に連れられて、二階に上がっていくのが見えた。

二人は何食わぬ顔で上がったが、

「もし」

女中に声を掛けられた。小太りした色の黒い女だった。田舎から出てきたばかりなのか、

「おまえさんたちは、うちのお客様だったべか？」

なまりの混じった言葉で訊いてきた。

「いや、お客ではないが、知り合いがここに泊まっているんだ」

鶴吉が答えると、女中は首を傾げたのち怪しむ目で、

「怪しいな……知り合いとは誰だべ」

七之助と鶴吉をまじまじと見る。

「こちらにおみささんという人が泊まっている筈だ。その人に会いにきたんだ」

今度は七之助が言った。

「ああ、そう……」

女中は思い当たった顔で笑みをつくり、

「部屋は分かっているのかい」

親切顔で訊いてくれる。

「いや、それをこれから誰かに尋ねようと思っていたところなんだ。姉さんみたいに可愛い親切な人で良かったよ」

七之助は世辞(せじ)を混ぜて言う。

「うふふ」

女中は嬉しそうな笑みを見せると、

「この階段を上がって、三つ目の部屋だよ」

間違っても他の部屋に入らないように、などと冗談交じりに言い、台所の方に消えていった。

鶴吉は笑って七之助と顔を見合わせると、音を立てないように二階に上がっていった。

階段を上り切ったところで、指を奥に向けて部屋を確認する。

「ひい、ふう、みい……あそこだな」

鶴吉が言い、二人は足音を忍ばせて部屋に近づき、念のために手前の部屋の戸を開けてみた。

「空いている」

七之助は部屋の中に誰もいないのを確認して、鶴吉と隣室にすいっと入っていった。

そして隣室と仕切っている襖（ふすま）の前に腰を下ろし、襖に耳を近づけると、

「どのようにお詫びを申し上げてよいか分かりません。申し訳ございません」

おみさの声が聞こえてきた。

おみさと新兵衛は、隣室で七之助と鶴吉が聞き耳を立てていることは知るよしもない。

「どうしても決行するんだね」

新兵衛が念を押す。

部屋の中は緊迫した空気に包まれていて、問い質す新兵衛の表情は空しさに彩

られている。

おみさは険しい表情で頷くと、

「どうしても見逃すことは出来ません。わがままを言ってさぞかしお怒りのことは存じましたが、最後にあなたにお詫びを申し上げておかなければと……短い間ではありましたが、幸せでございました」

改めて新兵衛の顔を見詰めた。

新兵衛は大きく息をつくと、懐から書状を出して、おみさの膝前に置いた。

「離縁状だ」

「あなた……」

切ない目で見詰めたおみさに、

「これで心置きなく敵を討てるのならと思ってね」

「すみません」

おみさは、書状を取り上げて文章を確かめた。

「それで、明日は誰かに加勢(かせい)をしてもらうのかい」

新兵衛は訊く。

「いいえ、加勢など考えたこともございません。友人の野江さんからも訊かれましたが、このたびのことは、藩庁から許可を頂いた敵討ちではありません。私闘とみなされます。討っても討たれても御奉行所の裁断を仰ぐことになります。そんな私のために神田屋の名が挙がるようなことがあってはなりません」

「おみさ、私はおまえさんさえ承知なら、助っ人を雇って加勢してもらおうかと考えているんだよ。いや、実はもう頼んであるのだ」

「いけません、神田屋にご迷惑がかかります」

慌てて断るおみさに、

「おみさ、本日確かに離縁状は渡したが、紙一枚で縁が切れるとは私は思っていないんだ。思いたくもないね。おまえさんと暮らした月日は、私の記憶から消えることはない。母もそう思っているし、仙太郎だってそうだ。言っておくが、神田屋が世間からどう思われようが、そんなことはどうでも良いのだ。神田屋より、おまえさんが大事。だから離縁状を書いたのだ」

「あなた……」

おみさは感極まって新兵衛を見詰めた。

「私の気持ちも汲んでおくれ。今夜はおまえさんの願いが叶い、無事敵を討てるよう、おっかさんが供えていた御神酒(おみき)を持ってきた」

新兵衛は右の袂から一合ほどの小さなとっくりに入った御神酒を取り出し、左の袂からは盃二つを取り出すと、御神酒を注ぎ、盃のひとつをおみさに渡し、もうひとつの盃は自分が取った。

二人は見詰め合って、そして御神酒を飲み干した。

隣の部屋の戸が開いて、誰かが出ていく音が聞こえたが、まさかその音が、七之助と鶴吉が立てた音だとは知るよしもない。

柳原堤には、微かに光が差し始めていた。

まだうっすらと明け切らない闇が、橋の下や川面に広がっている。

堤には霧が立ち、一帯の広い河岸地を覆っている。

ここは神田川に接した岸は荷揚場になっているし、広い河岸地は侍の矢を射る練習場にもなっている。

まもなく、霧が晴れ、太陽が河岸地に朝の光を差し始めたその時、河岸地にある柳森稲荷の境内に、白い鉢巻き、白い襷をしたおみさの姿が現れた。

足元も着物を短く着て、足元の草鞋の紐も強くしばっている。そしてその手は大刀を摑んでいた。

また、唇は強く引き締めていて、目は鋭く河岸地を見詰めている。

その姿は米屋の女房のそれではなく、紛れもなく武士に縁のある姿だった。

まもなく、土手に四人の男が現れた。

宗拓は小袖に裁付袴（たっつけばかま）姿、腰には大小を差している。そして手下の三人は着流しだ。刀は差してないが、懐に匕首を呑んでいるのは間違いなかった。

宗拓が手下の三人に何か命じた。三人は頷いて河岸地に入ったところで立ち止まった。

宗拓だけが、おみさの姿を認めて、ゆっくりと歩いてくる。

互いの距離が五間（約九メートル）ほどになったところで宗拓は立ち止まり、不敵な笑いをおみさに送ると、

「馬鹿な女だ。その場所で誰が死んだか知らぬのか。おまえの兄が憤死した場所だぞ」

宗拓は声を張り上げた。

「宗拓、いや、山崎郡兵衛、兄二人の敵、神妙に勝負しろ」

おみさが刀の柄（つか）に手を掛けたその時、神田川を上ってくる舟が見えた。

舟には十四郎が乗っている。漕いでいるのは鶴吉だった。七之助も同乗してい

る。

「何者だ……」

宗拓は呟き、手下三人もざわついている。

「先生……」

驚いているのは宗拓だけではない。おみさも同じだった。

予期せぬ者の登場に仰天している間に、舟は船着き場に到着し、十四郎が飛び降りて、対峙している二人の近くまで歩いてきた。

その十四郎を追っかけて、七之助と鶴吉が走ってきた。

「塙十四郎と申す。野江殿に頼まれて検使役を務める」

十四郎は張りのある声で言った。

「ううむ、余計なことを……野江とは何者」

宗拓が言う。

「佐久間藩の奥女中で、美冴殿の友人だ。納戸役の田村兵衛(たむらひょうえ)の娘といえば、おぬしも納戸役だったそうだから知らぬことはあるまい」

「何……」

驚いて、きっとおみさを睨むが、おみさにしても十四郎が検使役でやってくるなんて露知らぬことだったのだ。

「待て、待て待て」

なんとそこに、浪人が走ってきた。

「おみささんだな、神田屋に頼まれて参った助っ人だ。小野派一刀流免許皆伝、吉沢大吉！」

大見得を切った浪人体の三十前後の吉沢と名乗った男は、急いで襷掛けをして、おみさの横に陣取った。

十四郎も小野派一刀流だ。だが吉沢大吉に見覚えはなかった。

少々心許ない男だが、相手に威圧を与えるのは間違いない。

すると、宗拓の手下どもが匕首を引き抜いて走ってきた。

十四郎は三人をきっと睨んだ。

「手出しはするな。邪魔をすれば斬るぞ」

三人の手下はその場で立ちすくんだ。そして七之助と鶴吉に、

「こ奴らを見張っていてくれ」

十四郎はそう言って、対峙している二人に視線を遣った。

「容赦はせぬぞ。返り討ちにしてやる」

宗拓は、刀を抜くと正眼(せいがん)に構えておみさを睨んだ。

おみさも正眼に構えて立った。

二人は少しずつ間合いを狭めていく。互いの距離が一間（約一・八メートル）ほどになった時、

「やあ！」

おみさが宗拓に飛びかかった。

「えい、えい、えい！」

声を荒らげて打ちかかるが、宗拓の一撃で、おみさは背後にふっとんだ。だが、宗拓の剣は打ちかかる。

するとそこに大吉が飛び込んできた。上段から撃ってきた宗拓の剣を撥ね上げた。だが、次の瞬間、大吉は右腕を斬られて蹲(うずくま)った。

「免許皆伝ではなかったのですかい」

鶴吉が走ってきて、大吉をその場から抱えるようにして遠ざける。

宗拓とおみさは、互いに剣先を向けながら稲荷に走り込んだ。

「やあ！」

打ち込んだおみさの剣を、宗拓は撥ね上げた。

「あっ」

叫んだおみさに、次の一刀が振り下ろされる。だが、その刹那、宗拓の剣も宙に飛んだ。

十四郎が走り込んで宗拓の剣を撥ね飛ばしたのだ。

おみさは、今だとばかり、小刀を抜いて、宗拓の胸を狙って突いた。

「うっ」

宗拓は肩口を押さえて膝をついた。

「覚悟！」

もう一度、その胸をおみさは狙ったが、十四郎の手が伸びて、おみさの腕を握った。

「勝負あり」

「何をなさいますか！」

怒りに染まったおみさの目が、きっと十四郎を見た。

「敵は取った。私が見届けた。それよりこの者は、多くの者を騙し、命まで奪っている。お奉行所に裁きは任せるのだ。生きてこの世にはもういられぬ」

がっくりとおみさは肩を落とした。

すると、捕り方数名と鎮目や達蔵が、こちらに走ってくるのが目に入った。

「宗拓、神妙に縛(ばく)に就け。なにもかもばれているぞ」

鎮目が言い放つと同時に、宗拓は達蔵にあっという間に縄を掛けられた。

「ううう っ……」

おみさは泣き崩れる。緊張が解けたのと、最後の一打を打てなかった悔しさか、おみさは身をよじるようにして泣く。

「おみささん、これでいいんだ、これでな。兄上二人が喜ぶのは、敵を討つことじゃない。そなたが幸せに暮らすことだ」

十四郎は、おみさの肩に手を遣った。

「先生……」

おみさは、十四郎を見上げた。その目は、救いを求めているように見えた。

「本懐(ほんかい)は遂げたのだ。私が見届けた」

十四郎は言って、おみさに土手の上を見るよう促した。

明るくなった土手の上に、静かに立ってこちらを見詰めている男がいた。新兵衛だった。

橋屋の裏庭では、お幸と仙太郎が、さくらと鬼ごっこをしているのだが、その楽しそうな声に混じって、

「ああ、そんなに走って怪我をしたらどうします。お幸お嬢さま、駄目ですよ」

お民の声が聞こえたと思ったら、

「お民さん、大丈夫だって。子供は元気に走りまわらなくちゃ。そんなことも分からなくて、よく子守をしているもんだね」

お民をからかっているのは万吉の声だ。

橋屋の庭の平和な情景を、居間で耳朶にとらえながら、十四郎とお登勢は、神田屋新兵衛とおみさの挨拶を受けていた。

「ただただ感謝しております。こうしてまた元の暮らしに戻れたのも先生のお陰、お登勢さまのお陰です」

新兵衛は頭を下げた。

おみさに渡していた離縁状は破棄されて、元の鞘に収まったのだ。そこで二人は仙太郎を連れて、今日は橋屋にお礼の挨拶にやってきたのだ。

「小間物屋の主を殺したのも宗拓と分かったのだ。身体に染みついた香木の匂いが決定打となったようだ。宗拓はむろん死罪、他の者たちにも遠島が言い渡され

た」

十四郎がその後の結果を知らせると、二人は頷いたのち、

「今後ともお導き下さいませ」

二人揃って頭を下げると、部屋を退出して玄関に下り、裏庭にいる仙太郎を呼び寄せると、三人肩を並べて帰っていった。

「このような離縁騒動は初めてですね」

お登勢は言った。

「これっきりにしてもらいたいものだ」

十四郎は苦笑した。

「お父さま……」

今にも泣き出しそうな顔で、お幸が部屋の外から十四郎を呼ぶ。

「どうしたのです」

お登勢が声を掛けると、

「仙太郎ぼっちゃんが帰られて寂しくなったようです」

お民が言った。

「よしよし。そうだな、今、八幡宮で柴犬が芸をするらしいと言って、毎日見物

人が押し寄せているらしいぞ。飼い主は芸人で、様々やってみせてくれるらしいのだが、その合間に柴犬が茶碗を咥えて観客から銭を集めるというんだ。行ってみるか？」

十四郎はお幸の頰を両手で挟んで、お幸の顔を見る。

するとお幸の顔が、みるみる笑顔になって、

「行きたい。お父さま」

十四郎に抱きついた。

「よしよし、行こう。お登勢、小銭を用意してくれ。他にも投げ輪など様々遊べるらしいからな」

十四郎がお登勢を振り返った。

「お民ちゃん」

お登勢はお民に小銭の入った小さな巾着を渡した。そして大きなため息をつく。

十四郎が甘やかす分、お登勢が厳しく躾けなければならないのだ。

「行ってきます！」

嬉しそうに父親と八幡宮に出かけていくお幸を見送ったお登勢は、苦笑しながらも幸せを嚙みしめていた。

光文社文庫

文庫書下ろし／長編時代小説

永代橋　隅田川御用日記（二）

著者　藤原緋沙子

2022年7月20日　初版1刷発行

発行者　鈴木広和
印刷　堀内印刷
製本　ナショナル製本

発行所　株式会社　光文社
〒112-8011　東京都文京区音羽1-16-6
電話（03）5395-8149　編集部
8116　書籍販売部
8125　業務部

ISBN978-4-334-79365-4　Printed in Japan

組版　萩原印刷